ブラッド
「ようやく出てきたようですね。
お会いできて光栄ですよ、雷神皇」
「なら、お望みどおりに
ここで死合おうか?」
「もう……やめて
本当にもう……
やめてほしい」

マーリン
魔族屈指の魔術師にして、名門魔法学院の学長。400年経った今も、エフタルのことを想っている。
マリア
エルフの留学生で学年トップクラスのエリート。エフタルに命を救われ、意識し始めている様子だが――？
アナスタシア
元奴隷の少女。助けてくれたエフタルに心酔している。

落第賢者の学院無双3

～二度転生した最強賢者、400年後の世界を魔剣で無双～

白石 新

角川スニーカー文庫

22236

口絵・本文イラスト：魚デニム

口絵・本文デザイン：阿閉高尚（ａｔｄ）

Contents

プロローグ　～下着売りの少女～

——魔法学院の朝は早い。

通校途中のいつもの店で、僕はお昼用のいつものサンドイッチを買った。

そして、やっぱりいつも通りに学院の中庭を通り抜けて校舎に向かおうと歩いてたんだ。

そこで僕は「はてな？」と小首を傾《かし》げる。

「やけに騒がしいね」

どうにも、普段に比べて中庭に人が多すぎるような気がする。

っていうか、明らか多い。異常に多い。

ここは普段は芝生の真ん中に石畳の道が通っているっていう感じの場所なんだけど、人がごった返していたんだよね。

んー、芝生部分がフリーマーケット状態というか、ゴザがたくさん敷かれて商品が並んで……と、まさにそのまんな感じになってる。

と、そんな中庭の様子を見て、僕はそこで小さく頷《うなず》いた。

「ああ、そういえば今日は不要市の日か」

これは僕の時代の魔法学院にもあったイベントだ。

確か貧乏学生同士で魔導書を売ったり買ったりするんだよね。勿論《もちろん》、商売でやっている訳ではないので、相場よりも中古の本が安く買えたりする。

それで本を売る側としても中古屋に売るよりは、高く買ってもらえるので都合がいいという寸法だ。

正にウインウインな感じのイベントだね。

まあ、互いに相場を知っていないと、買う方にしても売る方にしてもボラれたりすることも多々ある訳だ。

だけど、そのあたりは学生同士での売買なので良心価格が前提となるし、後で揉《も》めたとしても問題になることは少ない。

と、いうのも学内でお金で揉めても面倒というか、ややこしいよね。

だから、不当な価格で高すぎたり安すぎたりしたとしても、大体の場合は後で学生同士の金銭のやり取りで示談になる。

と、そういうこともお互いに了解した上での売買なので安心できるんだよ。

ちなみに、僕個人としても前世は苦学生だったのもあって、お世話になった記憶がある。

僕は貧乏貴族の八男で、あの時は色々と必死だったからな……と、少し昔が懐かしくなった。

とても良いイベントだと思うので、個人的にはこの風習が残っていて何だか嬉《うれ》しい気分になるのは自然な感情だろう。

それに、本だけじゃなくて古着とか雑貨も売っていたりするし、本当にそのままの意味でフリーマーケットだったりする。

時には良いところの貴族の子が蔵から骨董品《こっとうひん》を持ち出している時もあって、思わぬ掘り出し物なんかもあったりなかったり……。

と、まあそんなこんなで、懐かしく思ったのもあって、僕は賑《にぎ》やかな中庭を散策してみることにした。

ふーむ……と、ゴザの上に並べられている商品を眺めながら歩いていく。

見たところ古本なんかは初等の魔導書とかで目新しいものは何もないね。まあ、それは分かっていたことだけど。

でも、本当に歩いているだけで、何だかウキウキとした感じになってくる。

日本にいたころ――縁日とか、あるいはそのままの意味でフリーマーケットとかって、やっぱり見て回ってるだけで楽しいもんだったしね。

あ、可愛《かわい》いネックレスとブレスレットがあったね。

これは買ってアナスタシアとマリアへのお土産にしようかな。

この前の合宿で二人とも頑張っていたので……まあ、ご褒美は必要だろう。

で、そんな感じでフリーマーケット会場を歩いていた僕なんだけど、ある一角に差し掛かって――立ち止まって絶句した。

と、言うのも、そのスペースでは――

――女児用パンツが売られていたのだ。

いや、下着だけじゃなくて、部屋にあるものを一切合切持ってきて売ってるって感じかな。

まあ、女児用下着も古着と言うことで理解できなくもないんだけど……。

それで、そのスペースは下着を売っている以外にも色々とおかしかったんだけど、店主……というか、ゴザの真ん中で座ってる子なんだけど……まず、年齢がおかしかった。

見た目十歳位の女の子で、更に格好もちょっと変だった。

白魔導士って感じの白一色のローブ。

猫耳っぽい感じになっている白のフードに、恐らく肩位までの……水色の髪。ちなみに僕が変だと思ったのはこの猫耳フードだね。

顔は……まあ、眠たげな感じの目だけど、目鼻立ちはハッキリしていて、相当に可愛らしいね。

しかし、どうしてこんな子供が普通にフリーマーケットに参加しているんだろうか。

しかも下着を売ってるし、っていうかそもそも学内は関係者以外立ち入り禁止なんだけど……。

で、ゴザの上には売り物と、売り物の値札だけじゃなくて、文字の書かれた紙が置かれていたんだ。

そして、そこに書かれていた文字とは――

――体以外なら何でも売ります。今、さっき脱ぎたての下着も有り〼《マス》。

それを見て僕の頭はクラクラときてしまった。

いや、そもそもこんなところでそんなものを売って買う人間なんていないだろう。

と、脱力しながらそんなことを思っているその時、売り場スペースにスキンヘッドの学生がやってきた。

中々に強面《こわもて》の人相なんだけど、その男はマジマジと水色の髪の女の子を眺めてこう尋ねたのだ。

「本当に脱ぎたてか？　幾らだ？」

買う奴《やつ》おるんかーい！

と、僕はそこでズッコけそうになった。

「……勿論脱ぎたて。それで価値が大きく変わるとその筋の関係者に聞いた。値段については金貨二十枚となる」

その筋の関係者というのが非常に気になるところだけど、それはさておき。

しかし金貨二十枚……か。あまりにも強気な値段設定だ。

当然ながら、この異世界でも金《きん》は希少なので、金貨二十枚と言えばザクっと日本円で二百万円位の値段ということとなる。

「はは、お嬢ちゃん。無茶《むちゃ》を言っちゃいけねえ、いくらなんでもボッタクリすぎだ……銀貨一枚でどうだ？」

銀貨一枚というと日本円だと一万円位になる。

古い下着にそんな大金を出すとは、いやはや、中々にこの男も筋金入りらしいね。

「……安売りはしない」

「なら、銀貨二枚でどうだっ！」

「……金貨二十枚。値段を下げるつもりはない」

「だから無茶言うなって、銀貨五枚！」

「……ダメ」

「ええい、金貨一枚！　これ以上は鼻血も出ないからな！」

「……ダメ。金貨二十枚。安売りするつもりはない」

気だるそうな感じでの返事、やはり目はどことなく眠たげだ。

不愛想とかいうのじゃなくて、何ていうか……低血圧の寝起きみたいな感じだね。

と、そこでスキンヘッドの男が声を荒げた。

「いい加減にしやがれ！　金貨一枚だぞ!?」

「……だから何度も言っている。安売りするつもりはないと」

「良い度胸だ！　俺を伯爵家の長男だと知ってボッタクリをしようってんだな!?」

いや、ボッタクリも何も、そもそもがこれを買おうとするのがどうかしてるんだけどさ。

そうしてスキンヘッドの男は女の子を睨《にら》みつけながら、語気を荒げて凄《すご》んだんだ。

「金貨一枚だ！　これ以上グダグダ言うな！」

「……断る」

「お前いい加減にしとけよ！　ちょっと可愛いからって高飛車に出やがってっ！」

男はイライラとしている様子だ。

どうにも喧嘩《けんか》になりそうな雰囲気だね。いや、喧嘩の理由は恐ろしく酷《ひど》いけどさ。

と、仕方ないので僕は二人の間に割って入った。

「ちょっとごめんなさいね、この子は僕の妹で……悪戯《いたずら》好きなところがあって、冗談が過ぎてこんなことをしてしまったらしい」

水色の髪の女の子に「話を合わせろ」と、アイコンタクトをしたが反応がない。

かといって、僕を止める気もなさそうだ。なら、当初の予定通りにいかせてもらいますか。

「冗談だと⁉」

「え？　貴方《あなた》も冗談で買うとか言ってたんじゃなかったんですか？」

「……へ？」

「学内でそんな馬鹿なことがありえる訳がないでしょう？　もしも本気なら、マーリン学長あたりに知られれば大事になりますよ？　まさか貴方も本気で買うとか言ってた訳ではないでしょうに」

僕の言葉で冷静になったのか、男は見る間に顔色を変えていく。

ま、普通に考えてフリーマーケットでそんなもんを売ってちゃダメだし、買うのもダメだ。

「あ、ああ……。当然、俺も冗談で言っていた。こっちも悪ノリが過ぎて悪かったよ」

と、まあそんなこんなで僕は水色の髪の女の子に声をかけたんだけど――。

「そんなものを売ってるから変な人に絡まれるんだよ？」

「……売れるものは売る。私にはお金が必要なので」

気だるそうな感じでの返事、やはり目はどことなく眠たげだ。

「……そもそも私は絡まれても構わない。それでお金になるのであれば。つまり、貴方は私から客を奪った」

「いや、客もなにもさすがに金貨二十枚を出す人間はいないよ」

「……天文学的確率かもしれないが可能性はゼロではない。つまり、貴方は私の邪魔をした」

不機嫌そうに、水色の髪の女の子は口をへの字に曲げる。

「そもそも子供が魔法学院に来ちゃいけないんだよ？　ここは関係者以外は立ち入り禁止だからね」

「……そんなことは知っている」

「それに……根本的な問題として下着は売っちゃいけないと思うんだ。それはやっちゃいけないやつだよ」

「……お金が必要。さっきのスキンヘッドを見ても分かる通りに需要もある……ともかく、貴方も買わないなら……客ではないなら私に構わないでもらいたい。それこそ命を賭けてでも稼がなくてはいけない理由がある。だから、売れるものは売るしかない」

無表情だけど、声色は真剣だ。

　いや、抑揚がない感じで感情を読み取りにくくはあるんだけど、それでも真剣なのは何となく伝わってくる。

　どうにも……と僕は肩をすくめた。

　のっぴきならない事情で知恵を絞っての、この商売ということみたいだね。

「いや、でも下着を売るのはやっぱり違うと思うよ」

「……どうせ一枚も売れてない。今まで……一枚も。強気の値段設定で売れれば僥倖《ぎょうこう》と、半ば宝くじ感覚でやっていることだ」

「いや、でもさ」

「……うるさい……いい加減に怒るぞ？」

　と、少女はキッとこちらを睨んできた。

　いや、睨んでいってもやっぱり無表情なんだけどさ。

　しかも、ボソッと平坦《へいたん》に喋《しゃべ》るだけだから、注意深く聞いていないと感情の色も見えにくい。

「でも、やって良いことと悪いことが……」

「……お金が必要だと言っている。やめろというなら貴方がお金を用意するべき。用意しないなら口を出すべきではない」

　まあ、言ってることは分かるし正論だ。

この子にはこの子の事情がある訳だし、これ以上は関わらないのが正解かと思ったその時、空から彼女の下に一匹のカラスが舞い降りた。

いや、これはカラスではないね。微《かす》かな冷気、広義で氷系統の魔力で使役されている使い魔で、正体は恐らく氷だろう。

で、カラスが咥《くわ》えていた手紙を受け取ると、彼女は文面を読み始めて——すぐに安堵《あんど》したように頷《うなず》いた。

そうして、マッハの速度で売り物の下着を懐に入れて、他の売り物も片付けていく。

「急に片付け始めてどうしたの？」

「……お金が用意できたようだ。もう自分を売る必要もない」

「そりゃあ良かった」

心の底からそう思う。子供が自分の下着を売るとか世も末だからね。

で、彼女はそそくさと店じまいを始めたんだけど、その時——

——グウウウウと、お腹《なか》が鳴った。

どうやら、お腹が空《す》いているらしい。

と、そこで、彼女はスンスンと鼻を鳴らし始めた。

「……食べ物の匂いがする」

スンスン、スンスン、スンスンスンスン。

犬のように鼻を鳴らして、匂いを嗅いで嗅いで嗅ぎまくる。

で、続けざま、やはり眠たげな視線を僕の——いや、正確には僕の持つサンドイッチの入った小包に向けてきた。

いや、ガン見してきた。

「……」

「……」

無表情なので、やはり何を考えているか分からない。

真意を確かめるべく、僕はサンドイッチの小包を高い高いの要領で持ち上げてみる。

すると彼女は顔を上方に向け、その視線は確かに小包を追ってきた。

次に右の方向に小包を移動させる。すると彼女の視線がやはり右方へ。

次に左の方向に移動させると、やはり視線は左へ。

右、左、右、左に動かすと、やはり視線は右、左、右、左へ。

と、僕は空中で八の字を描くように小包をくるくるさせてみた。

すると彼女は頭をくるくると八の字に振り始める。

……いかん、ちょっと楽しくなってきたぞ。

悪戯心に火がついてしまったので、超高速でくるくるとさせてみると、彼女は猛速で頭を振り始めて——

——デスメタルのコンサートのようなヘッドバンギング状態になった。

で、しばらく頭を振り続けた彼女の表情は、見る見る内に青くなっていったのだ。

「どうしたの？」

「……酔った」

どうやら目を回したらしい。

彼女は、無表情のままでシートの上にぐったりと横になってしまった。

うん、決定だね。ノッケからそうなんじゃないかなーっと思っていたんだけど、絶対にこの子不思議ちゃんだ。

と、僕は確信と共に彼女に語り掛けた。

「ごめん、ちょっと遊びすぎたみたいだ」

ぐったりとした彼女の横に座って、僕は小包の中からオレンジジュースを取り出した。

「落ち着いたら飲むと良いよ」

「……ん」

そうして待つこと数十秒。

彼女は起き上がると同時にオレンジジュースを飲み始めた。

「具合はどう？」

「……美味《おい》しい。気分は上々」

どうやら大丈夫そうなので、僕は二つ買ったサンドイッチの一つを取り出して彼女に手渡した。

「僕のお昼の弁当で良ければ、お腹へってるなら食べなよ」

「……ん」

そうして、彼女はバクバクとサンドイッチを食べ始めた。

それはもう猛烈な勢いで喉に詰まるんじゃないかという具合に。

「凄《すご》い食べっぷりだね」

「……とても美味しい」

「今までの僕の人生で初めて出会ったよ。心の底から美味しいと言ってるっぽいのに無表情な子は」

苦笑しながら言うと、彼女はやっぱり無表情でこう言った。

「……一週間何も食べていない」

「え？　どうして？　親から何も食べさせてもらってないの？」

「……親とは一緒に住んでいないが、今のところ衣食住は確保されている」

「食べ物には困ってないってこと？　じゃあ、どうして一週間も？」

「……出不精だから。そして一週間前に部屋に食べ物がなくなったから。そんな出不精で引きこもりの私が今日、外に出たのは……どうしても、まとまったお金が必要だったから」

　イマイチ会話が成立しにくい。

　頭が悪いとかじゃなくて、言葉が足りないんだろうね。

　っていうか、話を聞く限り……何というか、想像を絶する面倒な気配が湧き立ってきたぞ。

　と、そこで彼女は、まだ物欲しそうな顔で、小包を眺めていたので——

「もう全部食べちゃって良いよ」

　とんでもなくお腹が空いているようなので、小包ごと渡してあげた。

「……貴方のお昼の食事はどうなる？」

「食堂の昼食受付は昨日の夕方で終わってるし、今からなら無理だろうね。ま、一食位食べなくてもどうってことないよ」

　すると彼女は小さく頷きこう言った。

「……神。いわゆるゴッド」

何で異世界人がそんなスラング知ってるんだよと思ったが、まあ不思議ちゃんにツッコミ入れても仕方ないか。

「それじゃあ僕は行くからね。あと、今後は学院の敷地内に勝手に入っちゃいけないよ」

「……待ってほしい……名前を教えてほしい」

「エフタル。エフタル＝オルコットだよ。君は？」

「……私はシェリル……姓はない」

「姓がない？」

「……訳アリということ」

「深くは聞かない方が良さそうだね」

「……ん」

小さく頷き、シェリルは僕に向けて両手を広げて――

「……ぎゅー」

思いっきり抱き着かれてしまった。いやはや、突然に過ぎるだろう。これは一体全体どういうことだ？

と、そんなことを思っていると、シェリルはやはり眠たげな瞳でこう言った。

「……エフタルは良い人」

僕の胸に顔を押し付けて、スンスンとシェリルは匂いを嗅ぎはじめた。

いや、初対面だよね僕ら？

自由奔放に過ぎるでしょうに……この不思議ちゃんは。

「……良い匂い。途中から気付いたが、やっぱり兄さんと同じ香りがする」

「お兄さん？」

「……ん。兄さんとは二年もロクに会っていない」

ああ、どうにも複雑な家庭環境で……もう面倒そうな香りしかしないぞこの子は。

「……兄さんの代わりに頭を……いい子いい子……してほしい。頑張った……私はずっと頑張ってきたから……」

何だか良く分からないけど、とりあえず声色的には泣きそうになっている。

あ、ちなみに表情は無表情ね。そうして僕は少し考えて……小さく頷いた。

まあ、頭位は撫《な》でてあげても罰は当たらないだろう。

確かに色々と頑張っていたんだろうね……なんせ下着を売ってた位だし。

で、フードの上からではやりづらいので、シェリルの頭を撫でるべく僕は猫耳フードを取ろうとした。

すると……何とその中から、更に本物の猫耳が出てきたのだ。

僕はその場でしばし固まり、状況を理解すると同時に、こ、これは……と思う。つまりこれは——

——ダブル猫耳構造。

どうやら、猫耳フードの猫耳は飾りではなく、中の猫耳をスッポリと収納する為《ため》にあるらしいね。

そうして、頭を撫でてあげると、シェリルは「えへへ」と言って、僕の首筋に鼻先をあててクンクンと嗅ぎ始めた。

「……ふふ、兄さんの匂い……良い匂い。エフタルは……良い人だ。嫌いではない」

「ちょ、ちょっと君⁉」

いや、初対面の人の首筋に、直《じか》に鼻先をあててクンクンと匂いを嗅ぐのはどうかと思うよ？

鼻息荒いし、くすぐったいし……。で、シェリルは両手に力を込めて——

「……ぎゅー」

と、強く僕を抱きしめてきたのだった。

いやはやこの子……本当に自由奔放に過ぎるよと、僕はため息をついたのだった。

――朝のホームルーム前。

しかし、変な子もいるもんだね……。

と、着席してシェリルのことを考えている僕に向け、マリアが右手人差し指でヴィシッと指さしてきた。

「ちょっとアンタっ！　一大事件よっ！」

「あ、ここにも変な子がいたか」

「変な子ってどういうことよっ！」

コメカミに青筋が一本浮かんでいるし、瞬間湯沸かし器かお前は……。

と、これは余談で前から思ってたことだけど、人を指さすのはあんまり良くないよね。

これはマリアの悪い癖だと思う。

それはともかく、プンスカと顔を真っ赤に染めて、怒りが爆発しそうだったので、先回りで僕はこう言ってみた。

「で、何なの？　一大事件って？」

マリアは「それはね」と語り始めた。

まあ、僕たちは一週間後に迫った雷神皇祭《エフタル》に参加する訳だ。

あ、雷神皇祭っていうのは、要は全学年のクラス代表対抗模擬戦ってことだね。

何故《なぜ》に僕が学生レベルの大会に参加するかと言うと、もちろん理由はある。

僕は魔導も含めた武の頂に到達することを、今回の人生の目的としている。

そして今回の祭りでの目的はズバリ――優勝し、その先にある学院対抗戦に出場することだ。

前にマーリンとも話をしていたんだけど学院対抗戦の授賞式では、世界各国の重鎮が集まるという話になっている。

なので……そこで、魔術畑とは違う剣神皇と接触を取り、師事を乞うことが当面の目的となる。

ま、今回の人生で得た剣術という技術を伸ばし、魔法剣士として大成するためということだね。

僕以外のメンバーの目的としては、マリアはエルフの里を見返すためということ。

その関係で彼女は最優良学生の証《あかし》である翡翠《ヒスイ》大勲章を取らないといけないので、とりあえず今回の雷神皇祭で優勝はしておきたいところだろう。

ちなみにアナスタシアは「ご主人様と一緒なら何でも良いんです♪」と、脳天気な感じだね。

と、それはさておき、クラス対抗戦は五対五の団体戦なんだ。

で、マリア曰《いわ》く、アナスタシアも含めた僕たち三人以外は全く使えないので、以前に三人だけで祭りに挑もうという話になってたんだけど――

「やっぱり五人全員揃《そろ》ってないと出場を認めてくれないみたいなのよ」

「え？　そりゃ不味《まず》いね。僕たちは三人しかいないよね？　どうするのマリア？」

と、そこでマリアは「まあ任せなさい」とばかりに、薄い胸をドンと叩《たた》いた。

「要は、数合わせがいりゃそれでいいのよ」

「ってことで」と、マリアは席から立ち上がり、教室前方の教壇へと向かった。

そして、こちらに向き直り『バンっ！』と、黒板を右掌《みぎて》で叩きつけた。

「注ー目っ！」

何事だ!?　と、必然的に一同の視線がマリアに向かうことになる。

そうして、彼女は大きく息を吸い込んでこう言ったのだ。

「それじゃあ今からクラス代表を募集するわよっ！　誉《ほまれ》あるクラス代表――残り二人の枠が――今なら手を挙げるだけで手に入れることができるのよ！　さあ、この僥倖《ぎようこう》に感謝なさい！」

薄い胸を張って、やっぱり右手人差し指を前面にヴィシッと突き立てる。

いや、お決まりのポーズなんだけど、やっぱり人を指さすのは良くないよ。

で、クラスのみんなの反応と言えば——。

「……いや、雷神皇祭ってめっちゃ危険だろ？」

「マリアが一人で盛り上がってるだけだしな。エフタルとアナスタシアも巻き込まれてるだけって感じだし」

「そもそも留学生のお前が何でクラス仕切ろうとしてんだよ」

うん。

全員のシラーっとした視線がマリアに突き刺さっているね。

えーっと……。何ていうか凄《すご》いアウェイな感じだ。

「ちょっとアンタ等《ら》っ、せっかくのチャンスなのよっ⁉　雷神皇祭で優秀な成績を収められれば当然ながら注目されて……超絶エリート街道の第一歩となるのよ⁉」

で、マリアの言葉を受けた、クラスのみんなの反応と言えば——。

「いや、そもそもここってエリート校だからな」

「これ以上エリートになっても厄介ごとを抱え込むだけだし……」

「出る杭《くい》は打たれるって言うしね」

「魔術師として、そこそこ程度のハクがあればそれで良いんだよなー。俺は貴族だし」

「っていうかこのクラスのハングリー枠はマリア位じゃねえの？」

うーん……。

何ていうか、マリアとみんなの温度差が半端ないよね。

いや、確かにこの学校は貴族とか豪商の子供が多いって話なので、成り上がりに意欲的でない生徒が多いという事情らしいんだけどさ。

特にこのクラスはその手の子供が多いって話だし。

例えば大貴族の子弟だと、波風立てずにレールの上を歩いていけば、ただそれだけで良いというのが、処世術だったりする。

他のクラスには成績優秀での学費減免を半ば義務付けられている苦学生もいるって話だけど、このクラスは何ていうか……坊ちゃん嬢ちゃんの、のほほんとした子たちばっかなんだよね。

「ちょっと本気で言ってんのアンタ等!?　アンタ等には向上心ってモンはないの!?」

「あー、俺は、子爵家を継ぐまでは親のコネで宮廷魔術師として波風立てずに生きていく予定」

「……私は実家の錬金術店の一大チェーンの経営を継ぐだけだし」

「俺は実家が金持ちって訳じゃないけどそこそこの人生で良いよ。将来は大貴族の坊ちゃん嬢ちゃんの家庭教師する予定でな、楽してそれなりに儲《もう》かるらしいんだ」

言わずもがな、マリアの言うことには誰も賛同していないということだろう。

しかし、これは酷《ひど》い。っていうか、向上心が無さすぎる。

この状況は個人的には思うところはあるよね。

一応、前世の全てを魔導の探究にかけた側からすると、馬鹿にされているような気もしないではない。

ここは魔法学院として設備も十分に整っているんだ。

やる気がないなら……座っているその席を、やる気のある苦学生に今すぐ明け渡したほうが良いという話なんだよね。

そこそこに学びたいだけなら、他の学校でもできることなんだから……。

と、そこで僕と同じく、マリアも思うところがあるらしかった。

彼女は、怒りのあまりに顔を真っ赤にしながら「むむむ……」と、下を向いて先ほどからしばし唸《うな》っている。

どうやら、怒りを抑え込もうとしているようだね。

そうしてマリアは深呼吸の後、努めて平静を装ってこう言った。

「分かったわ、じゃあ、役に立たなくてもいいから名前だけ貸しなさい。エントリーするだけでいいから……こっちはクラスの名誉の為に頑張るんだから、それ位は付き合いなさいよ」

「……いや、生徒会とかとぶつかったらどうするんだよ。あいつ等は全員ガチ勢だからな。去年の祭りの模擬戦見たけど……手加減抜きで普通に危険だから」

「なんで俺等がそんなこと……？」

「付き合ってらんねえよ。そもそも優勝とか無理だし、恥をかくだけだし。俺たち一年じゃ上級生とレベルが違いすぎて無理だから。だから今までは一年生は参加禁止だったんだろ？　マリアがゴリ押しで今年は認めさせたみたいだけどさ」

　そうしてマリアは再度、黒板を右掌でバンと叩いた。

「私たち三人はちゃんと合宿の修了検定も受けているわ！　実力はちゃんとある！」

　で、やっぱりみんなは白い目でマリアを見て、やれやれだとばかりに肩をすくめた。

「そりゃあ、マリアは優秀だし、アナスタシアもエフタルもペーパーでの成績は凄いけどさ」

「っていうか、エフタルは魔法理論と剣術馬鹿だろ？　言っちゃ悪いが人間と魔族には実践魔法技能に違いがある」

「確かにエフタルは剣術は凄いけど、真剣ならまだしも模擬剣だからなぁ……」

「そもそもマリアとアナスタシアにしたって一年の中では優秀ってだけだからな。上級生の代表に勝てるとは思えん」

「まあ、仮にノーリスクで優勝確定なら、ハクもつくからメンバーとして参加しても良い。

けど、どうせ無理だし、危険だし」

「そうだよなー。軽い怪我《けが》じゃすまないこともあるんだよなー。過去には大怪我で障害残った奴《やつ》もいるって話も聞いたことあるし」

「普通に考えて、公衆の面前でボコボコにされて恥かくだけだしなー」

そうして、クラスの一番後ろの席の男がニヤケ面でこう言った。

「ま、人数不足の不戦敗にしろ、普通に負けるにしろ、負け戦を存分に頑張ってくれたまえマリア君。我々の総意としては君には付き合いきれんということだ」

と、そこで再度マリアのコメカミに青筋が走った。

どうやら今度は怒りを抑える気はないらしいね。

いや、まあここはマリアの怒りに同意だ。いくらなんでもこの連中はメンタル的に酷すぎる。

「アンタ等——どんだけ腰抜けなのよ!?　もういい、アンタ等には期待しないわっ！　けど、私達三人は必ず他のメンバーを見つけて優勝するから、その時になって——勝ち馬に乗らなかったことを後悔しないことねっ！」

で、マリアはプンスカと怒りながら席に戻ってきた。

いや、でも……マリアはどうするつもりなんだろうか。クラスのみんなに今しがた参加を断られた訳なんだけどさ。

「仕方ないわね。この手だけは使いたくなかったんだけど……」

「どうするつもりなの？」

「まあ、我に秘策アリってことよ」


――で、時は流れて放課後の教室。

「マリアさん？　秘策とは一体何なんです？」

「まあ、ウチのクラスの連中は腰抜けぞろいで、上級生相手にビビって対抗戦やりたくないってワケでしょ？　ルールを確認したんだけど、過去にも似たような事例があったらしいわ。基本は坊ちゃん嬢ちゃんの学校だからね。やる気あるのがクラスで四人とか三人とかのことも稀《まれ》にあるみたいなのよ……。それで、最初から戦意がない人が混じっていたら、観客もしらけちゃうよね？」

「そりゃあそうだろうね。決勝戦で盛り上がっている最中に、試合開始と共に『棄権します』なんて、盛り下がりも良いところだろう」

「うん、それで、そういうことにならないように、例えば決勝の場合、とりあえず試合開始から一分間はその場にいないとダメになったの」

「クラス代表としてその場に立つからには、攻撃を受ける覚悟を持てということだね」

「それで連中がビビってるのもあるんだけどさ。まあ、ともかくボコボコにされようが、逃げ回ろうが……ただ突っ立っていようが。一分の間……その場にいれば戦闘に参加したものとみなされて、あとは棄権もオッケーって話ね」

「で、何が言いたいのマリア？」

「要は一分間……猛攻に耐えられる人材ならそれで良いのよ。ただ、それだけできれば良いのよ。つまり、こういうことよっ！　さあ、入ってきなさい！　ウチの最終兵器っ！」

そうしてマリアは、教室内に僕たち以外誰もいないことを確認して、パチリと指を鳴らした。

はたして、ガラガラと教室前方のドアが開かれて、室内に入ってきた人物とは——


——マスクマンだった。


目を隠すアゲハ蝶《ちょう》の覆面に、唇には艶《あで》やかなルージュ。

銀髪で胸が大きく……って、この服装……服装は完全にいつもと同じ……こっ……これは……っ！

「何やってんのっ⁉」

「い、今の私は、匿名希望という名前のエフタル様のクラスメイトです」

狼狽《ろうばい》するマーリンを横目に、マリアが僕に耳打ちをしてきた。

「マーリン様ノリノリなんだから水差しちゃダメよ、エフタル」

「ど、どうしてこんなことに？」

「最初は全然取りあってくれなかったのに覆面って言葉を出したら、異常に食いついてきたのよ。あとはマーリン様の覆面……すっごい素敵ですねとか適当におだてりゃ……まあこの通りってなもんよ」

　そうしてマリアは大きく息を吸い込んで――

「素敵です！　それに誰だかまったく分かりません！」

「ふははっ！　そうだろうそうだろう！　素敵だろうっ！　やはり私は何を着せても似合ってしまうのだなっ！」

　そういえば……と、僕はため息をついた。

　昔からマーリンは被《かぶ》り物とか仮装とか大好きだったよね。

　生前の僕が考案したハロウィンパーティーとか毎年……異常に情熱を燃やしてたもんね。

　もしもマーリンが現代の地球とかにいたら、絶対にコスプレにハマっていただろうなーって、当時は思ったものだ。

「ほら、エフタル」

と、マリアは肘で僕をグイグイ押してきた。つまりは、話を合わせろということだろう。

で、仕方がないので、僕は棒読みでこう言ったんだ。

「わー……匿名希望って……一体誰なんだろうー。さっきはマーリンと言っちゃったけど全然そんなことなさそうだよー」

「ふふ、やはりエフタル様も分かりませんか？　しかし、エフタル様には本当のことを言わねばなりませんね。実は……私は先ほど匿名希望と自己紹介しましたが――」

マーリンは押し黙った。

そして大きく大きく息を吸い込んで彼女はこう言った。


「――マーリンなのです」


いや、知ってるから。

と、そこでアナスタシアが唖然《あぜん》とした表情で、大口を開いてその場で大声で叫んだ。

「え――っ!?　匿名希望さんってマーリン様だったのです!?　全然分かりませんでした」

ええええっ!?

本気で言ってるのアナスタシア!?

「そ、それにその覆面……とってもカッコイイんですっ！」

キラキラとした瞳の羨望のまなざしを受けて、マーリンはこれでもかと胸を張った。

「ふふ、アナスタシア、お前は見る目があるようだ。これは……貴様のことを駄犬扱いから駄狼扱いにランクアップすることも考えなくてはいかんな」

「やったー！　嬉《うれ》しいんですー！」

駄狼……いや、それで良いのかアナスタシア……。

もう何ていうか……揃《そろ》いも揃ってアホの子ばっかだよこの子たち。

と、僕はガックリと脱力しながらマーリンに言ってみた。

「とりあえずね、マーリン？　せめて服装位……何とかしようよ。普段と同じじゃさすがにバレると思うよ」

「ふむ、確かにそうですね。これでは芸がありません。つまりは更なるコスプレをせよということですね？　それではこのマーリン、腕によりをかけてコスプレ衣装を自作しましょう」

あ、自作するのね。

しかし、どうしてこの子はこんなに嬉しそうなのだろうか……。

と、まあ、そろそろ悪ノリもエスカレートしてきたので、僕はピシャリと言い放った。

「マーリン？　試合に参加するとか駄目だからね」

「えっ!?」

「いくらなんでもそりゃ酷《ひど》いでしょ？　馬鹿も休み休みにしないと怒るよ？」

そうしてマーリンはこの世の終わりの光景を目の当たりにしたかのような表情を作って――

「そ……ん……な……エフタル様のお役に立てる……この完璧な計画……が……」

と、ガックリとうなだれたのだった。

ちなみにアナスタシアも「何でダメなの？」とばかりに、その場で固まり、マリアは「まあ、そりゃそうよね」と肩をすくめていた。

「で、どうするのマリア？」

「あら、何でもお見通しなのね？　次の一手があることを気づかれていたとは思わなかったわ」

そりゃあ、マリアは自信満々の時はエルフ耳が上機嫌にピクピク動くからね。

話の節々で、外を気にしながらピクピクしていたので、マーリン案以外に何かあるのを察するのはそれほど難しいことじゃなかった。

「それじゃあ来なさい！　ウチの真の最終兵器！」

と、そこで――マリアはパチンと指を鳴らした。

すると教室前方から、ガラガラとスライドドアを開く音を立てて男の二人組が入ってきたのだ。

「と、いうことで新メンバーを用意したわ。本当にこの手だけは使いたくなかったんだけどね」

金髪と坊主頭の男二人組で、確かにウチのクラスで見る顔だ。

「君たち二人は本当に参加してくれるのかい？」

僕の問いかけに二人はコクリと頷《うなず》いた。

「いや、でもマリア？　どうしてこの二人は了承したの？　今朝、あれだけみんなは嫌がっていたのに……」

「ちょっと色仕掛けでね……取引をしたのよ」

色仕掛け？　と、その言葉で何故《なぜ》だか僕はシェリルを思い出した。確か……あの子も下着を売っていたりしていたよね。

うーん。ひょっとすると、マリアも下着見せるとか、あるいはデートしてあげるとか、そういうノリで釣ったのかな？

僕としてはマリアには、昔の妻のブリジットの生まれ変わりなんじゃないかという位に色々と似ている関係で、思うところがある。

というか、マリアとブリジットは赤の他人でもないんだろうなと、思う。同じエルフの里の同じ支族出身で、これだけ似ているんだ。

どこかしらで、強く血はつながっていると考えるのが自然だろうね。なので……僕としては是が非でもマリアにはそういうことはしてほしくないんけど……。

「ち、ちなみにマリア……色仕掛けって、君はどんな取引をしたというんだい？」

と、ゴクリと息を呑《の》んでマリアに尋ねてみた。

いや、正直な話、聞きたくないというか……怖いというのもあるんだけどさ。

「……あの二人には、言うこと聞いてくれたら手料理を振る舞うって約束したのよ」

「ん？　どういうこと？」

そうしてマリアは非常にバツが悪そうにこう言った。

「いや、実はねエフタル……私って……割とマジで裏ではこっそりモテてるのよ。性格が直情的で攻撃的だから、表立って私を好きって公言する人はいないんだけどさ」

あ、そこの自覚はやっぱりあったんだね。

「でも、実際問題として私の見た目が可愛《かわい》いのは動かせない事実じゃん？　っていうか天才美少女じゃん？　と、なると見た目とスペックだけで釣られて来る層が一定数いる訳で……」

「まあ、否定はしないけどさ」

実際に可愛いとは思うよ。っていうか僕の好みのタイプだ。

天才というのは語弊があるけど、魔法の才能はあるし、何より努力してるしね。

「え？　可愛いっていうの否定しないの？」

「再度言うけど、否定はしない」

「……」

「……」

「……てへっ♪」

あのマリアさん、てへぺろとか……どこで覚えてきたんですか。

と、まあ、なんだかマリアは若干の照れを交えながらも、すごく嬉しそうなんだけど、そこは置いといて。

「ともかくね、前からあの二人しつこかったんだよね。何度も何度も恋人になってくれって、付き合ってくれって……で、何度断ってもゾンビみたいに復活して再アタックかけてくるしね……」

「うん、それで？」

「で、今朝、クラスで募集したでしょ？　それであの後、二人が取引を持ち掛けてきてね。私のことは諦めるし、クラス代表にもなるから……その代わりに最後の思い出に一緒にご飯を一回だけで良いから食べてくれ……それが嫌ならお弁当で良いから食事を作ってくれって言ってきたの」

心底疲れたという風にマリアはため息をついた。

僕には経験がないけど、見た目が良いってのも色々と辛《つら》いんだろうね。

「それであの二人がクラス代表になったってこと？」

「まあ、しつこかったから困ってたのもあるしね。諦めてくれるって言うことだし、悪い話じゃないんだけど……アンタにさ、男を利用する悪い女みたいに思われるのも心外だし……だからこの手は使いたくなかったの」

「……？」

「いや、だからアンタに私に対する悪い印象をもたれたくないしね。特に恋愛関係だけは絶対に……アンタにだけはそういう風に思われるのは嫌なの」

　とりあえず、これはどういう意図だと受け取ればいいのだろうか？

　と、僕が困っていると——

「つまりね、要はアンタにだけは……私はそういう女だって風に思われたくなかったの。そう……アンタにだけはね」

　全然つまってもないし、要約もされてもない。

　そうして何故かマリアは僕に熱っぽい視線を向けてきたんだけど、これは本当にどう反応すればいいんだろうか。

　っていうか、普通に反応に困る。

「ってことで、これで五人揃《そろ》ったわね」

と、まあ——。どうやら、この五人で僕たちは祭りに挑むことになったらしい。


——一週間後。

僕たちは雷神皇祭予選へと向かう馬車に乗っていた。

二台の馬車で会場に向かうことになり、こちらに乗っているのは僕とマリアとアナスタシア、そして引率のマーリンだ。

もう一台はクラスメイト男子の二名だね。

「しかし、特別の試合会場だなんて、そんなことしなくても良くない？」

「まあ、お祭りですので」

と、マーリンはコホンと咳《せき》ばらいをした。

今日の会場は、広い場所が必要なので、国の魔法騎士団の訓練施設を借りる形で行われるらしい。

設備的には別に魔法学院のグラウンドでも良いんだけど、観客である全校生徒を入れる関係でそうなっているとのことだ。

ちなみに本選は学内施設のコロシアムで行われるとのこと。

「それに馬車ってのもね……大げさと言うかなんというか。歩いていけば良いじゃないか、そんなに遠くないし」

「クラス代表は名誉ですからね。実力ある者にはそれなりの待遇を……と、これも教育の一環です」

「まあ、ウチのクラスの場合はやりたい者がいないみたいな感じになっちゃってるけどね」

　言葉を受けてマーリンは苦笑いをした。

「最近はその手の輩《やから》が増えましたからね。平和な時代が続くのは良いことですが、平和ボケは困りものです」

　僕とマーリンは互いにやれやれと肩をすくめた。どうにもあの腑抜《ふぬ》けたちを見て、思うところは一緒らしいね。

　と、そこで隣に座るマリアが僕に話しかけてきた。

「ところでエフタル？　この前、私はアンタに助けてもらった形になってる訳じゃん？」

「うん、まあ一応はそういう形になってるね」

「一方的に借りを作ったままってのは……やっぱり性に合わないのよ」

　そうしてマリアは右手の指を一本立たせた。

「だから、お礼にお願いを一個だけ聞いてあげるわ。何でもいいから言ってみなさい」

「いや、突然そんなことを言われてもね……」

本当に突然に何を言い出すんだこの子は。

まあマリアらしいと言えば、非常にらしいんだけどさ。

「……ずっと考えてたのよ。どうすりゃ借りを返せるかってね。命を助けて貰《もら》ったんだから、そりゃあ私も本気出して……色々としなくちゃいけないって。まあ、そういうことだから、覚悟は決めてるし、本当に何でも言ってくれて良いから」

真剣な表情のマリアに「真面目だな……」と僕は肩をすくめる。

「別に礼が欲しくて助けた訳じゃないし、そういうのは要らないんだけどさ」

「でも、それじゃこっちの気持ちの収まりがつかないの。一方的に何かを施されるなんて……そんなのはまっぴらゴメンよ。もしもここでそのままにしたら私はアンタに一生頭が上がらなくなるし、そういうのは嫌なのよ」

本当に真面目というか、負けず嫌いというか。

と、そこでマーリンがマリアに向けて挑戦的な笑みを浮かべたんだ。

「おい、マリア学生？　話は聞かせてもらったが……覚悟があると言ったな？　そのような言葉を簡単に使うことに、私は感心しない」

「と、おっしゃいますと？」

「例えばだ、エフタル様に閨《ねや》を共にしろと言われれば貴様はどうするつもりだ？　覚悟とは……そういう話も含まれることもある。故に、軽々に使うものではない」

マーリンの言葉を受けて、マリアは僕の瞳をジッと見据えてきた。

「ねえエフタル、私と寝たいの？」

そして、僕だけでなくマーリンもアナスタシアも「えっ⁉」となった。

「私と……寝たいの？」

「……」

「……」

「……」

訪れる沈黙。

何か変な空気になってるし、アナスタシアは固まってるし、当のマーリンも「アレっ⁉」って感じになってるし。

いやはや、エルフが義理堅いのは知っていたけど、まさか、お礼にこれほどのレベルで覚悟を決めているとは参ったな。ってか、マーリン……どうしてくれるんだこの変な空気。

「いや、僕はお願いでそんな……君を追い詰めるようなことは言わないから」

と、そこでマーリンは咳ばらいを一つして、再度マリアに諭すような口調でこう言った。

「ま、まあ、マリア学生。閨を共にするというほどに……覚悟があるのは分かった。しかし、一晩限りではなく……例えば恋人になれとか結婚しろとか言われたらどうするつもりなのだ？　覚悟とは、つまりはそういう――」

マーリンの言葉を途中で遮って、マリアは僕の瞳をジッと見据えてきた。

「ねえエフタル、私に恋人になって欲しいの？」

そして、再度、僕だけでなくマーリンもアナスタシアも「ええええっ!?」となった。

「恋人に……なって欲しいの？」

「……」

「……」

「……」

再度、訪れる沈黙。

いやいやいや、更に変な空気になってるし、アナスタシアはさっきから固まりすぎて石像みたいになってるし、当のマーリンも「アレレっ!?」って感じになってるし。

「だから、そんなことを僕はお願いしないから。そもそもそれはお礼とかお願いとかそういう次元の問題じゃないしね」

マリアは「覚悟決めてたんだけどな……」と、残念そうな表情で肩をすくめた。

ってか、どうして残念そうなんだろう。この態度は……一体全体どのように受け取ればいいのだろうか。

「ところでエフタル様？」

「ああ、気づいてるよ。氷結結界だね」

さ、冗談はここまでだ。僕は即座に立ち上がり、マリアを小脇に抱えて窓から外に飛び出た。

で、マーリンはアナスタシアと馬上の御者さんを両脇に抱え、前方から外に飛び出たようだ。

そうして僕たちが外に出ると同時に、馬車を中心として魔法が発動した。

周囲に冷気が立ち込め、一瞬で馬車が半球状の氷に包まれる。つまりは先ほどまで僕たちが乗っていた馬車が、馬までを含めてすっぽりとドーム状の薄い氷壁に包まれたって訳だね。

無論、あのまま中にいれば、氷の牢獄《ろうごく》に閉じ込められていたって寸法だ。

ちなみに御者さんについては助けるのが少し遅れたようで、気絶しているようだ。見たところ、意識を失ってるだけで怪我《けが》もないし、問題なしと判断する。

「ご、ご主人様！　何が起きているんです!?」

「ああ、これはレベル５：氷結魔吸結界《マジックイーター》……だね」

その言葉を聞いたアナスタシアとマリアは「えっ……」と瞬時に顔面を蒼白《そうはく》に変えた。

「ちょっとちょっと、どういうこと？　レベル５って言ったら相当な魔法よ？」

「ちなみに、これは氷壁内に閉じ込めた人間の魔力を根こそぎ奪ってしまい……未熟な者であれば数日の間、魔法を行使できなくする呪術結界だね。マーリン、質問良いかな？」

「良いのかと尋ねられれば——エフタル様の望まれることであれば、このマーリン……『はい』と『イエス』の二択しか持ち合わせておりません」

冗談で言ってるのか本気で言ってるのか分からないので、この発言はスルーしとこうか。

「このレベル5は魔法発動直前まで……僕に何も悟らせなかった。念のために聞くけど、君もそうだよね？」

「ええ。しかし、魔法難度そのものはレベル5と低いものですが……魔力行使をそこまで静かにするほどの技量者——それほどの術者はかつての四皇にもいたかどうか……というところかと思われます。少なくとも私にはできません」

「ああ、確かにレベル5の単独行使そのものは取るに足らないけど……そこが引っかかる」

「いや、エフタル？　二人してレベル5は全然大したことない風に言ってるけど、単独でのレベル5って宮廷魔術師とかでも凄腕《すごうで》中の凄腕だからね？」

「と、なるとサーシャ様の戯れでしょうか？」

マリアの言葉を完全無視したマーリンが少し面白くて、笑いそうになってしまったけど、まあ笑ってる場合じゃないね。

「しかし、サーシャはこんなところで僕たちをからかってるほどに暇じゃないだろう？」

「あの方であれば悪戯《いたずら》は好きそうですが……ね」

確かにサーシャ以外にこんな芸当ができる化け物を僕は知らない。

とりあえず索敵魔法を発動させてみたけど、この近辺に一定以上の魔力を持つ者の気配はマーリン以外にない。

僕の索敵を逃れることができる使い手と言えば……やっぱりサーシャの悪戯なのかな？

「ともかく、せっかくの機会だ。アナスタシア、マリア、良く見ておくといい」

この魔法には……術者の癖や色と言うものが不気味なほどに全くない。

教科書通りすぎて、逆にこの術式を組むのは難しそうだ。と、なるとこんなことができるのは、やはりサーシャなんだろうね。

少なくとも僕が狙ってやったとしてもコレはできない。まあ、サーシャが用意したものなら、ここまで分かりやすい教材もなさそうなので孫弟子に有効活用させてもらおうか。

と、そこで僕は氷壁に向けて掌《てのひら》を突き出した。そうして、念を込めると同時に氷壁に施された術式を弄《いじ》っていく。

「ご主人様？　何をしているんです？　防御魔法で相殺してるんです？」

「いいや、氷壁を構築している術式そのものを書き換えようとしているんだ。魔力の流れを良く観察してみれば分かるよ」

「えっと……何言ってんのかサッパリ分かんないんだけど？」

と、「はてな？」と首を傾《かし》げている二人にマーリンはクスリと笑った。

「ヒヨコにはまだ分からんだろうがな……我々の次元の魔術師になると、敵の魔法術式に途中介入することがママあるのだ」

「……いや、おっしゃる意味が本当に分かりませんよマーリン様」

「要はだな、基本的に魔法というものは早くぶっ放したもの勝ちだ。魔法難度レベルが上がれば術式構築に時間がかかるし、それを前提にしての戦術が重要となる」

「それなら分かります。ご主人様の学派は神速の連打が売りなんです」

「ああ、その通りだ」とマーリンは頷《うなず》いた。

「私の学会での異名もまた瞬速の雷神……神速を尊ぶものだ。そして、防御の為《ため》に高レベル防壁を張るよりも、空中で術式に介入して内部崩壊させてしまった方が早い場合もある」

「術式介入？　つまりは……？」

「防御魔法での真正面から力と力のぶつかりあいとせずに、敵の組んだ術式に介入して嫌がらせをする訳だ。魔法を弱体化させるだけでなく、ツボにハマれば強制的に相手の魔法をキャンセルさせることも可能」

　そんなことが……と二人は目をパチクリさせている。

「まあ、当たり前だけど相手も術式介入に、防御という形で必死に介入してくるけどね。ってことで、後学の為に見て置いた方が良い。こういう風にすれば敵の攻撃を防御魔法を使わずに相殺できる」

　で、僕は氷壁を作成している術式に介入し、代わりに炎を発生させる術式に上書きして相殺する方向へ誘導する。

　すると、みるみる内に氷壁が崩れ落ちていき、消えると同時に行き場を失った魔力の塊がキラキラと宙に溶けていく。

「ね？　綺麗《きれい》だろ？　と、まあこういう風に――」

「「どういう風にっ⁉」」

　と、二人からツッコミを受けてしまった。

　まあ、これはエフタル学派の秘術みたいなところあるからね。

　基本的に使われるのはレベル9とか10の攻防での、コンマ数秒の先手を争う詰将棋の世界での話だ。

　ひょっとすると今のこの時代では必要のなくなった技術なのかもしれないけど……。

　しかも、ハマればラッキー的な「ああ、そこ警戒するの忘れた！　お前こっそり介入してきてたのっ⁉」みたいな、そんなノリの技でもある。

　で、当たり前だけど、自分で術式構築した魔法だからね。

　介入を仕掛ける方は術式分析から始める関係上、最初から全てを分かっている……そもそもの術者が介入阻止する方が遥《はる》かに有利だ。

だから、よほどの技術差がない限りは奇襲でしか成立しえない。とはいえ、奇襲が故にハマれば絶大でもある。

「まあ、アナスタシアとマリアには魔術式の構築の基礎からキッチリ教えてるから、段階を踏めば最終的にこういうことができるよ」

僕の言葉の直後に、マーリンは誇らしげに頷いた。

「そう、私のように……な」

「しかし……不味《まず》いことになったね」

結界は解除したけど、魔力を吸われて馬が気絶してしまっている。要は生命力を吸われたような状態なので、回復魔法も効かないしね。

「ええ、徒歩ということになりますね」

マーリンの言葉に、僕は首を左右に振った。

「違う、そうじゃない――残り二人のことだよ」

雷神皇祭予選。

出場チームは二年次が五クラス、三年次が五クラス、そして一年次が僕たちのクラスのみで計十一チームだ。

　で、そこに特別枠の生徒会も参加するので、トータルで十二チームだね。数が多いので、本選が始まる前に予選でふるい落とす作業がまず必要って訳だ。それで上位四チームが本選進出となるので、勝ち上がれるのも勿論《もちろん》四チーム。ちなみに予選は、五人揃《そろ》ってなくても良いらしい。

　これには理由があって、若い学生のことなので急に才能に目覚めたりして、数か月で力を一気に伸ばす子とかも稀《まれ》にいるんだよね。

　それで急成長したノーマークの学生が……秘密兵器みたいな感じで出てきたりすると、面白くて盛り上がったりする訳だ。

　この辺りはマーリンの趣味もあるんだけど、ともかくダークホース枠的な感じを演出する為にも、予選は四人でやることも認められている。

　で、本来は認められているってだけだったんだけど、四人の予選得点の平均値を五人分に直した――つまりは五倍した数字がチームのスコアーになるので、いつの間にやら予選はチーム内で上位四人を出すというのが通例となっている。

　そうして、会場に到着したマリアはすぐさまにエントリー受付に向かったんだけど――。

「だから襲われたって言ってるでしょ！」

「決まりは決まりです」

まあ、案の定——残り二人のクラスメイトの男は魔法の直撃を受けて、馬と同じく魔力を吸われて気絶していたんだ。

で、しばらくは使い物にならないってことで、選手登録も不可能になったってことなんだよね。と、そんな事情で、マリアと受付テントの職員がすったもんだしているんだけど、まあ……決まりは決まりという言葉で返されるのも無理はないかな。

「ねえマーリン？　ともかく、今日を乗り切るには最低四人必要なんだよね？」

「決勝と準決勝では五人ですが、現時点ではそうなります……ね」

そうしてマリアがこっちに戻ってきて、「はぁ……」とため息をついた。

「やっぱダメ、話になんない。本当の最後の手段で一人は心当たりがあるんだけど……今日、今すぐ参加させるとかは無理ね……もうこれ以上はメンバー探しは打ち止め。どうにもなんないわよ」

そして、僕を含めて全員の視線が、とある人物に向かった。

その眼差《まなざ》しを受けたマーリンは「待ってました」とばかりに、バッサァーっと、銀の長髪をかきあげる。

「いや、そこまで期待されては仕方ありません。やはり、このマーリン——」

そのままマーリンは押し黙った。

そして大きく大きく息を吸い込んで彼女はこう言ったのだ。

「――学生服と覆面のコスプレで参戦するしかないでしょう！」

事実、その方法しかないのだから仕方ない。

しかしマーリン……君はどうしてそんなに嬉しそうなんだ。見た目二十代なんだけど……本当に学生服のコスプレをやっちゃうつもりなの？

「マーリン。分かってはいるとは思うけど、君は数合わせでいるだけだからね。棄権以外には何もしちゃいけないからね」

マーリンが出たらズルも良いところだからね。まあ、これは当たり前の話だ。

と、そうして……僕は、とほほんとため息をついたのだった。

で、結局そのままマーリンも含めて僕たち四人は予選に参加することになった。

そして、予選勝ちぬけの上位四チームの順位を決める方法はズバリ、的破壊である。

いや、魔法学院って、何故《なぜ》だか的を破壊するのが好きなんだよね。前世の僕の頃からそうなんだけど、何でなんだろうか？

学長であるマーリンに以前聞いたのだけど、「古来の伝統のお約束なので。他の魔法学院でも、猫も杓子《しゃくし》も的破壊です」の一言で済まされてしまった。

うーん、お約束って一体全体何のことだろう？　謎は深まるばかりなんだけどさ。

と、それはさておき。

会場は全校生徒が集まるだけあって、大きな大きなグラウンドだった。

いや、全校生徒どころか、近辺の住民たちも集まってきていて、ちょっとした地域イベントみたいになってしまっている。

まあ、ともかく大盛況のようで、ギャラリーたちは大盛り上がりだ。

それで、要は現代日本の高校とかのグラウンドでやる体育祭、あるいは超大規模な小学校の運動会を想像してもらえれば、大体それであってる感じの会場だね。

競技場所はグラウンドの真ん中。競技内容としては、グラウンドの中心から放射状に点在してる的を、それぞれの選手が一度だけ放つ渾身《こんしん》の範囲魔法で破壊すること。

勝敗を決めるルールとしては、全員で破壊した的の数の総計を競うこととなる。

で、僕たちはマーリンも含めた四人が参加している話なんだね。

だけどマーリンについて……もう言葉も出ない感じになってしまっている。

アゲハ蝶《ちょう》の覆面はこの前に教室で見た奴《やつ》と一緒なんだけど、服装が学生服だ。そうアナスタシアと同じ学生服なんだよ。

もう、何ていうか本当にコスプレ感が半端ない。いや、バレるバレないで言えば、覆面もしているし、プラスで暗殺者がよく使う認識阻害魔法を重ね掛けしているから大丈夫なんだろうけどさ。

と、まあそんなこんなで僕たちは、選手控室の日よけのテントが張られた場所で、それぞれの代表クラスの様子を窺《うかが》っていたんだけど――

「レベル2：炎槍《ファイアーランス》！」

「レベル2：氷刃《アイスエッジ》！」

「レベル3：氷結風《アイスブリザード》！」

「レベル2：光玉《ライトニング》！」

うーん。さっきから、的破壊の様子を見ているけど、まあこれが二年生の平均的なクラス代表の実力って感じだね。

と、その時、テントの後ろの方のギャラリーからざわざわと声が聞こえてきた。

「流石《さすが》にレベル高いな。レベル2の最上位を当たり前のように使ってやがる」

「レベル3までもが飛び出す位だからな。さすがは雷神皇祭だ」

そうして僕は隣に座るアナスタシアにこう尋ねかけた。

「どう思う？　アナスタシア？」

「……はっきり言っちゃっても良いんですか？」

「ああ、構わないよ」

「えと……その……低レベルだと……思うんです」

「マリアは？」

「同じく低レベル以外の言葉が出てこないわね」

この前の合宿で、この二人はレベル4を完全に使いこなせるようになっているからね。

ともかく実際問題として、今のこの子たちからすると、眼前の光景は子供の遊びのようにしか見えないだろう。

けれど……と、僕は努めて重たい声色でこう言った。

「まあ、今の君たちにはそう見えるだろうね。でも、僕からすると君たちはハッキリと未熟だ。上には上がいるし、慢心だけは絶対にしないようにね」

二人が頷《うなず》いたところで、ギャラリーたちから大歓声が上がった。

と、いうのも選手控室からグラウンド中央に向けて、一団が横一列に歩を進めてきたからだ。

っていうか、あの中の一人に見覚えがあるな。確か合宿前の代表選抜者集会を取り仕切っていた生徒会の人だね。

そうして、ギャラリーからの大歓声を受けた生徒会の人たちは満を持して的破壊を始めたんだけど――

「レベル３：氷結風《アイスブリザード》！」

「レベル３：上位光玉《エルダーライトニング》！」

「レベル４：火蜥蜴《サラマンダー》！」

「レベル４：風刃結界《ウインドシエルター》！」

　レベル３最上位が最低ラインで、レベル４の中位までってところかな。

　テントの後ろの方のギャラリーから、今度はざわめきではなく、どよめきと感嘆の声が聞こえてきた。

「おいおい、レベル４なんて教員レベルだぞ⁉」

「流石は生徒会だ……俺たちと同年代とは思えねえよ」

「ま、今年も優勝はこいつらで決まりだな！」

「おいおい的の破壊数が……二百を超えてやがんぞ⁉　こんなの笑いしか出てこねえよ」

　そうして、歓声と拍手を受けながら、現在のところぶっちぎりのスコアーを叩《たた》き出した生徒会が選手控室に戻ってきた。

　っていうか、マリアのところにね。

「あらあらこれはマリアさん？　最下級生のド貧乳がこんなところで何をしているのかしら？」

胸の大きいアイリーンさん……っていうか、どうやらマリアと因縁あるみたいなんだよねこの人。

で、続けて二メートルに届きそうな巨漢が、僕を睨《にら》みつけながら拳を鳴らした。

「おい、テメエ？　マーリン学長に気に入られてるみたいだからって調子に乗るなよ？」

まあ、心当たりはあるけど……そんなに敵意を剝《む》き出しにしなくて良いじゃないか。

そして眼鏡の男が大きく頷いた。

「その通りだ。人間の劣等種と……エルフの原住民がっ！」

マリアのコメカミに一気に青筋が何本も走る。いや、事情を知ってるだけに気持ちは凄《すご》い分かるけどさ。とはいえ、喧嘩《けんか》っ早いのはマリアの悪い癖だよ。

と、僕が止めようとしたところで、アイリーンさんが眼鏡の男を手で制した。

「ミカエル？　前にマーリン学長もおっしゃられていたけれど、公の場所での差別発言は禁止よ。せめて人前では我慢しなさいな。品位を疑われるわよ？」

「しかしアイリーン副会長……！」

「何？　貴方《あなた》まさか私に意見をするつもりなの？　まったく……いつからそんなに貴方は偉くなったの……？」

こっちもマリアと同じく瞬間湯沸かし器的な性格なのかもしれないね。美人だけど、怒った顔が凄く怖い。

「も、も……申し訳ありません副会長」

分かればいいのよとでも言わんばかりに、アイリーンさんはフンと息を吐いた。

そこで、マリアはアイリーンさんをキッと睨みつける。

「アイリーン副会長。飼い犬の躾《しつけ》位はちゃんとしたらどうなの？」

マリアの言葉でアイリーンさんは「フフッ」と笑った。

「躾？　まあ確かにそうね。けれど――こちらは学長の七光りのせいで、書記長を自室謹慎に追い込まれているわ。当然、貴女《あなた》達のことを良く思っている人間は一人もいないのよ」

ああ、そういえばそういうことも前にあったね。確か、書記長ってのはこの眼鏡の男のことだ。それでマリアと僕に差別発言をしたカドで、マーリンが強権を発動させて処分したんだっけ。

「それに、貴女が森のエルフの中でよく思われてないのは事実よ」

「……」

「貴女はそれを知った上で、陰口を叩かれる覚悟がある上で、雷神皇祭という表舞台に出るつもりなんでしょう？　ならば現実をまず認め、力を見せて外野を黙らせなさい。それができなければ、いつまで経《た》っても負け犬のままよ。そして私は負け犬を自身と同じステージの存在だとは決して認めない――そういう性分なの。まあ、個人的には負け犬は負け犬らしく、キャインと鳴いて慎《つつ》ましやかに生きることをオススメするわ」

あ、こりゃダメだ。マリアがプルプルと震えて、なおかつ半目になって白目を剝《む》きかけている。

キレる寸前五秒前とかじゃなくて、怒りが天元突破して……もう自分でも溢《あふ》れる衝動を抑えられない感じになってるっぽいね。

「あと、そこの黒髪の貴方？　貴方が私たち魔族と違い、劣等種と呼ばれる人間という種族であることもまた事実よ。この学院でやっていくなら早いうちに……生きる道を選ぶことね」

「生きる道？」

「日陰で頭を下げて目立たずに生きるか、あるいは圧倒的実力で外野を黙らせるかってことよ。私達――生徒会は実力のある者なら誰でも歓迎するわ。人間であろうがエルフの嫌われ者であろうがね」

そうしてアイリーンさんは豊満な胸を張って、ニヤリと挑戦的に笑った。

「ただし、できるものなら……だけど。もしも、貴方たちの住む世界とはステージが違う――天上の魔導の世界を知りたければ、力で全てをねじ伏せて、生徒会の領域まで這《は》い上がってきなさいな」

うーん……。自信を持つのは良いことだと思う。

それに、言ってること自体はそこまで無《む》茶《ちゃ》は言っていない。嫌な理屈ではあるけどね。

まあ要は完全実力主義を前提とした選民思想ということだ。ただ……初代四皇でも自信家は多かったけど、そこまで大口叩《たた》いた人は僕も含めていないんじゃないかな。

と、そこでマリアはうんざりとした様子で肩をすくめた。

「結局、書記長を謹慎させられたからって嫌味《いやみ》を言いに来たってこと？　器が知れるわね、生徒会長」

マリアの視線の先には金長髪の男がいた。

中性的な容姿で、男装の麗人と言われても思わず頷いてしまいそうなほどだ。

「……」

そして、金髪の男はマリアの言葉には反応は示さず、ただただ『風景のように』僕たち全員に一瞥《いちべつ》をくれた。

「ちょっ……何で黙ってんのよ？」

そこでようやく金髪の男はマリアの言葉に反応を示して「クスッ」と笑った。

「僕たちは……いや、僕と副会長は学生にしてレベル４を扱える選ばれた民だ。そう、言ってみれば君たちなど路傍の石ころに過ぎない。ねえ、考えてもみてごらんよ、君たちは石ころに興味を示したり、あまつさえ口をきいたりするのかな？」

「……どういうこと？」

「僕は君たちには何の感情も持ち合わせていないってことさ。先ほど君は何故に僕に黙っているかと聞いたね？　僕とまともに口をききたければ、せめてレベル3最上位を使えるようになってからにして欲しいものだ。生徒会のメンバーでさえ、副会長を除けば僕と会話をするのは最小限に自重しているんだよ？」

　生徒会長というのは中々素敵な性格をしているようだね。

　そうして、そのまま後ろ手を振って、控え席に向かいながら生徒会長はこう言った。

「今回は特別サービスで僕も口を開いたが……時間は有限だ。価値のない人種と語り合う口を僕は持っていない。ああ、後……そこの覆面さんはセンスが悪いね。フザけた格好にフザけた名前……エントリーの名前を拝見させてもらったけれど、匿名希望などと……正気を疑うレベルだね」

　生徒会長が立ち去り、後を追うように生徒会の面々が去って行く。

　ある者は、侮蔑の表情を。ある者は、自信の笑みと共に。と、そんな感じで生徒会の残りの四人は去って行ったんだ。

　まあ、要は完全に僕たちは舐《な》められきっているし馬鹿にされていると、そういうことだね。

　それで、こりゃあ絶対に面倒なことになっているよな……とマリアを見てみると案の定だった。ワナワナと全身を震わせて、顔中の至るところに血管が浮き出ている。白目を剝きながら、右手の親指の爪をガリガリと嚙《か》んで……あ、これ絶対アカン奴《やつ》だ。

「ふーん……昔からイケすかないとは思っていたけど、本当に連中って――素敵な性格してんじゃん」

まあ、おっしゃることはごもっとも。そうしてマリアは僕に「まさかとは思うけど」と前置きをしてこう尋ねてきた。

「実力を出したらダメとか、この期に及んでそんなしょうもないことは言わないわよね？」

まあ、マリアの考えには賛成だ。

流石《さすが》にマーリンに的破壊をさせるとズルも良いところだし、彼女を競技に参加させる訳にはいかない。

と、なると……それを考えると、こっちは三人しかいないんだよね。

他のチームが四人でやってる作業を三人でってことで、ハンデは大きい。

二人がダメなら最終的に僕が何とかするしかないんだろうけど、流石に僕がレベル10の雷神皇《エフタル》をぶっ放してしまうようなことはできないし、やるにしても限度がある。

この二人は全力を出したとしても世間の常識の範囲内なので、是非とも全力を出してもらいたいというのが本音のところだ。

「いや、止めないよ」

「ええ、それじゃあ、連中を驚かせてやりましょうか。私とアナスタシアのレベル４でね」

——さて、的破壊である。

状況を説明しておくと、僕たちの出番は今回の予選の一番最後の、オオトリとなっている。

と、いうのも順番は、一番先に三年次、次に二年次、途中でエキシビション的に生徒会が入って、その次に僕たち一年次という次第だ。

で、オオトリだからと言って、別に期待されている訳でも何でもない。

むしろ、ギャラリーは冷めていて「どうせお前等ダメなんだから早く終われよ」的な感じになっている状態なんだ。

ちなみに現在までの暫定四位は的破壊数百二十四なので、僕たちの最低目標ラインはそこを超えることとなる。

「ちょっとエフタル、生徒会の連中を見てみなさいよ」

見ると、生徒会の連中は控えのテントで……小休止のティータイムと洒落《しゃれ》こんでいるようだ。

っていうか、あの人たちだけ明らかに扱いが違うよね。テントの下に赤絨毯《じゅうたん》とか敷いてるし、野外なのにテーブルとかもあるし。

極めつけには生徒会付きの小間使いの執事みたいな人もいて……。あ、どうにもその人がコーヒーを用意しているみたいだね。

と、まあ、それはさておき――。

「良し、じゃあマリアから的破壊いってみようか」

「オッケー。それじゃあキッチリと、連中のド肝抜いてやるわ」

そうしてマリアは右掌《みぎて》を高々と天に向けて突きだした。

そのまま瞼《まぶた》を閉じて精神を集中させ、魔力を練り上げると共に術式を構築させる。

しかし……と、僕は感慨深く思う。マリアの出自を思うと、やはり色々と思うところはある。

エルフの守り人に生まれ、支族を皆殺しにされ、周囲から迫害されて。

絶対に周りを見返してやると魔族の魔法学院に留学してまで、それでずっとずっと一人で気張って強がって、孤軍奮闘してきた彼女。

と、そこで僕は頷《うなず》いた。

――君を馬鹿にしてきた連中を、君の言葉通りにキッチリと驚かせてやればいい。

そうなんだ。今、この瞬間、次にマリアが放つ魔法は反撃の狼煙《のろし》なんだ。

運命と言う名の神に翻弄され続けたマリアが、努力と言う名の自らの足で……成功の道を歩み始める、これはその第一歩。

と、副会長のアイリーンさんがコーヒーに口をつけ始めたところで——マリアの魔法が火を噴いた。

「さあ、見せてやるわ！　レベル4……その火属性の最上位——魔法炎矢舞踏撃《ファイアーダンス》っ！」

うん、綺麗《きれい》に術式も仕上がっているし、魔力の流れも見事だ。矢の数も百くらいあり、しかも魔力制御の精度も以前より格段に上がっている。

元々、エルフは弓を嗜《たしな》んでいるので、頭の中でイメージするのに相性が良いんだろうね。

これはマリアの今のところの十八番《おはこ》の魔法で、これならほぼ全弾命中で仕損じることはありえないだろう。

そして、今のところの最高記録は生徒会四人の二百八の的撃破だ。

つまりマリア一人で、その半数近くに達することになる。

で、中空に高く高く舞い上がった百の矢は、反転と同時に角度をつけ、それぞれの遠方の的へと飛んでいった。

いや、正確にいうのであれば、的に吸い込まれるようにそれぞれ誘導されていったんだ。

ズドドドドドドドドーン！　ほぼ一斉に着弾した火矢が爆発して、おおよそ百の的が粉々に爆裂四散という、完璧なフィニッシュとなった。

「お見事」

いやはや、本当に自衛隊の火砲訓練でも見ているような感じの一糸乱れぬ見事な矢の制御だ。

美しいとすら表現しても、差し支えがない感じだね。で、ティータイムに入ってた生徒会の連中の方を見てみると、生徒会の一同は――

――飲んでたコーヒーを一斉に噴き出していた。

「ゲホっ！　ゲホっ……ゲホっ！」

「な、な、なんだあれは⁉　何なんだアレはっ⁉」

「ありえませんわ！　一年次がレベル４の……しかも最上位なんて……」

「馬……鹿……な」

「ああ、僕は夢でも見ているのだろうか……」

ドヤっ！　って感じでマリアは胸を張り、腕組みをして何度も何度も頷いている。

そうして僕に向けて右掌を高く上げて向かってきたので、僕も右掌を挙げてハイタッチ。

パチンと小気味良い音が鳴って、マリアの表情に笑顔の元気な花が咲いた。

「やっぱ、私って天才よね」

ニカっと笑う、その表情は本当に可愛《かわい》らしいんだけどさ。いや……でも、あんまり調子に乗りすぎるなって、さっき釘《くぎ》は刺してたつもりだったんだけどね。

苦々し気な表情を僕は作ってしまっているようで、「ほへ？」と、不思議そうにマリアが小首を傾《かし》げている。

んー、でもまあ、今まで虐げられてきたんだ。あんまり自信を持たせないってのも考え物だしね。

周囲を認めさせるために、この子はずっと頑張ってきてた訳だし、うん、これ位の調子に乗りっぷりなら良しとしよう。

「じゃあ、お次はアナスタシア――」

と、言い終える前にアナスタシアは魔法を発動させた。

「風系統のレベル４……最上位なんです！　雷光撃《サンダーストーム》っ！」

轟音《ごうおん》が鳴り、周囲に嵐のように紫電が駆け巡る。

アナスタシアが使った魔法は、自身を中心にして周囲の全てを雷で焼き払う魔法だ。

必然的に、彼女の半径十メートル圏内の的は雷撃に包まれて全て黒焦げになっていく。

的破壊の数でいうと……目測七十程度かな？

ともかく、近距離の的はこれで全て焼き払ったことになる。

で、当然ながらアナスタシアを中心にということは……僕たちも巻き込まれる訳だ。

　とはいっても、慌ててすぐにマリアに防御魔法陣を張ってあげたから怪我《けが》とかはさせてないんだけどさ。

「アナスタシア……今、マリアは繊細な魔法行使の後で精神が擦り切れてるんだから、もうちょっと周りのことを考えたほうが良いよ」

「ああ、マリアさんならご主人様が守ると思いましたので」

　なるほどね、それも込みこみでの魔法発動ってことか。

　普段はほわほわ系なのに、こういう時は急に計算高くなるんだよねこの子。

　アナスタシアのこういうところは僕は結構買ってるんだけど……。ちょっと今のはやりすぎの感もある。

　まあ、それはさておき、これで的破壊の数は既にトータル百七十位だね。

　現在までの暫定四位は的破壊数百二十四なので、既に目標はクリアーとなった訳だ。

　後は僕が適当にレベル3位の魔法を打ってそこで終了だね。

　と、そこで生徒会の連中から声が聞こえてきたんだ。

「お、お、落ち着け！　我々は生徒会だぞ！　あの程度で狼狽《うろた》えてどうするっ！」

「ああ、我々は全学生を率いる優秀な選ばれし人種だ！」

「そうでございますわ！　あのチームの進出は確定しましたが、本選で力の違いを見せつけましょう！」

「そうだな。的破壊と実戦は違うということを見せつけてやる！　それに凄《すご》いのはあの二人だけで、黒髪の男はマーリン様のエコヒイキってだけだ！　残りは雑魚のはずだ！」

「ああ、まずは落ち着こう。落ち着いて対処すれば……僕たちの負けはありえない。あの二人には個人レベルでは惜敗を喫するかもしれないけれど、残りは雑魚……そう、残りは雑魚のはず……そのはずだ……。僕たちのほうが総合力は上であることは動かせない事実だからね」

うん、気が変わった。レベル3でお茶を濁すのはやめだ。

と、いうのもいつまでもマーリンのエコヒイキとか言われるのも心外なんだよね。

このままだと、マーリンの名声にもかかわるし。

「そろそろ、何故《なぜ》に僕がマーリンに特別扱いされているかを教えてあげるよ」

ま、世界に混乱をきたさない常識の範囲内で……という縛りはつけておくけどね。

と、生徒会の連中は、心を落ち着かせるために再度コーヒーカップを手に取った。

そして副会長のアイリーンさんが再度コーヒーに口をつけ始めたところで——僕の魔法が文字通りに火を噴いた。

「レベル５：火竜咆哮《レッド・ジェノサイド》」

掌《てのひら》から小龍を模した熱線が放たれて、的の一つがジュッと瞬時に蒸発する。

このままだと熱線がギャラリーに命中するので……それは良くないので制御する。

広げた掌を握りしめ、グーの状態へ。親指を上方に立たせて、それに合わせてそのまま龍は上方へと向かっていく。

そう、ぐるぐると螺旋《らせん》を描き——天に向かって龍が駆け上がっていった。

「うん、ここだね」

クイっと親指を反転させて地面に向ける。

やはり、それに合わせて龍は真っ逆さまに下方へ——顎《アギト》を開いて地面へと喰《く》らいつく。

そして、グラウンドに熱線が着弾して——

——ズドーン！

爆発の余波でパラパラと小石と土煙が舞う。

と、まあ結果として、大爆発と共に十メートル級の焼け焦げたクレーターが地面に形成された訳だ。

マーリンが特別扱いする程度には常識外れの生徒という意味なら、これ位のデモンストレーションで上々かな？

と、そんなことを思いながら、先ほどから心を落ち着かせるためにコーヒーを飲んでいた生徒会の連中を見てみると——

――やっぱり飲んでたコーヒーを一斉に噴き出していた。

「ブ――――っ!」

「ゲホっ!　ゲホっ……ゲホっ!」

「レ、レ、レ、レベル5っ!?　学院対抗戦でも数年に一度の……とんでもないMVPの次元だぞっ!?」

「な、な、何が起きているのです!?　あの一年次達に何がっ!?」

「信じられないよ……僕は目の前の光景が……信じられない。み、み、みんな……とりあえず落ち着くためにやっぱりコーヒーを……」

しかし本当にコーヒーが好きな人たちだね。と、そんなことを僕が思っていると、マーリンが一歩、生徒会の連中に向けて足を進めた。

そうして、マーリンは右掌《みぎて》を頭上に突き上げたんだ。

「何をするつもり……っていうかマーリン?　君は今回は何もしないはずだよね?」

事前の打ち合わせでは、確かにそのはずだった。でも、マーリン……どうして君は魔力錬成しちゃってるの?

しかもこれって……。と、僕が嫌な予感を感じていると、マーリンは予想通りの魔法の名前を口に出した。

「レベル６：劣化雷神皇《レッサーエフタル》っ！」

ピカっと稲光。遅れて訪れるホワイトアウトと雷鳴。

それは先ほどのアナスタシアの雷撃とは比べるべくもない威力の魔法で——


——ガラガラズガシャ————————ン！


そして最後に訪れたのは大爆発。

つまりは、落雷と共に——試験で用意された的の全てが——吹き飛んだということだ。

同時に、生徒会の連中が再度一斉に口からコーヒーを噴出した。

「ブ————っ！」

「ゲホっ！　ゲホっ……ゲホっ！　どんだけコーヒー飲んでもこんなもん落ち着けるかっ！」

「レ、レ、レベル６っ⁉　単独でっ⁉　本職の宮廷魔術師とかの儀式魔法ですらなくっ⁉　た、た、単独でっ⁉」

「何ということでしょう！」

「ああ、僕はようやく気付いた。夢だ……これは夢なんだ。はは、そうと分かれば……良し、ほっぺをつねってみよう……って、ええええええっ⁉　現実⁉　レベル６っ⁉」

口の周りと服をコーヒーでビショビショにして、生徒会の連中は驚きのあまりに椅子から転げ落ちた。

そして——パクパクパクパクと口を開閉させ、体を仰《の》け反《ぞ》らせ、打ち上げられた魚のようになっていたのだ。

っていうか、これは……これは本当にとんでもないことになったぞっ⁉

マーリン……僕は本当のギリギリのラインを攻めてレベル５を使ったんだよ？

それなのに、何もしてはいけないはずの君がどうしてレベル６を……？

と、そんな僕の驚愕《きょうがく》を知ってか知らずか、マーリンはキッと生徒会の連中を睨《にら》みつけた。

「おい、そこの生徒会長！　貴様に言っておかねばならぬことがある！」

「ぼ、ぼ、ぼ……僕に？　言っておきたいこと？」

そしてマーリンは押し黙った。

続けて、大きく大きく息を吸い込んで彼女はこう言った。

「この覆面のセンスは悪くない！　断じて悪くないのだ——この痴《し》れ者《もの》がっ！」

ええええええっ⁉

そこっ⁉　そこなのマーリン⁉　そこでブチ切れてそんなことしちゃったのっ⁉

そうして、僕はノータイムでマーリンにゲンコツを落とした。

「マーリン？」

「何でしょうかエフタル様？」

「本当に怒るよ？　まさか怒りに任せてこんなことを？　面倒なことになるって分かるよね？」

僕の言葉にマーリンはフルフルと首を左右に振った。

「……あのクソガキ共に少し身の程を教えただけです。そのあたりはちゃんと考えていますよエフタル様。ご安心ください」

パチリとマーリンが指を鳴らす音。

そして続けざまに術式が構築されていく。ん……これはレベル8：材質修復《リペアマター》と、レベル4：幻影《イリュージョン》だね。

その結果として、まず、キラキラと幻影の光の粒子が発生した。続けて、周囲に漂う蛍のような光の群れがふわふわと天に上がっていく。そのまま粒子の動きを目で追って空を見上げれば——そこには虹がかかっていた。

で、これは幻影《イリュージョン》による目くらましなんだよね。目を引く演出もしているし、ギャラリーも含めて全員が釘付《くぎづ》けになっている。

そうして全員が空を見上げているところで、こっそりと材質修復《リペアマター》の効果で的がどんどん元に戻っていっている。でも、はたして、マーリンはこれで何をどうするつもりなんだろう……？

と、先ほどマーリンがレベル6の雷撃で破壊した分の的だけが元通りになったその瞬間。

マーリンは深く息を吸い込んで、大声で全員に呼び掛けた。

「さきほどのレベル6は……本当のレベル6ではない！　見た通り、レベル4のイリュージョンだ！」

あ、ちなみにマーリンは擬態の魔法の応用で声帯変えてるんだよね。

だから、声から身バレとか……その辺りは大丈夫。で、マーリンの言葉を受けて、口々とギャラリーたちから声が上がった。

「ま、まあ、そりゃそうか。レベル6とかありえねえもんな」

「え、ええ。レベル5だけでも驚天動地だっていうのに……レベル6は流石《さすが》にね？」

「しかし、本当にあの一年次のクラスはレベルが高い……いや、高すぎる。こんなことは初代四皇の時代以来の出来事ではないだろうか」

「そもそも……マーリン学長が担任っていう時点であのクラスは変だ。絶対に……何か秘密があるぞあのクラス」

「しかし、あの黒髪の一年も……別にエコヒイキって訳じゃなかったんだな。色んな悪い噂《うわさ》が飛び交っていたが、実際のところはマーリン学長の秘蔵っ子ってところなんだろうな」

　うんうん。僕たちの評価も良い感じにギリギリのラインで、常識的な範囲で収まっているようだね。

　マーリンのショタ疑惑とか、そんな噂が飛び交いまくっていたのも事実なので、誤解は何とかとけそうだ。

　そうして、ざわつくギャラリーたちとは対照的に静まりかえっている生徒会用のテントで、生徒会長はただただ茫然《ぼうぜん》とした表情で独《ひと》り言《ご》ちた。

「しかし……ただのレベル４の幻影《イリュージョン》とは思えません。この完成度……そして、これだけの人数の人間に幻覚を見せるとは……匿名希望……一体何者なんでしょうか……？」

　何者かと聞かれれば……学長です。

　と、まあどうにかこうにか予選突破だね。そうして選手控えのテントに戻ろうとしたその時、僕たちのクラスの連中が一斉に駆け寄ってきたんだ。

「凄《すご》いじゃないかエフタル君！　僕は前から君をただ者じゃないと思ってたよ！」

「マリアもアナスタシアも凄え！　半端じゃねえっ！」

「代表メンバー募集してたよね⁉　私もクラス代表に参加させてくれないかなっ⁉」

「いや、俺を出場させてくれ！　勝ち馬に乗せてくれ！　優勝して勲章貰《もら》えばハクがつくし！　お前らみたいな化け物なら学院対抗戦でも入賞間違いないぜ！」

「メンバーの一員ってだけで大変なことになっちゃうわ！　私も入れて！」

　何という……分かりやすい連中なんだろう。どうやらマリアも同じことを思ったらしい。証拠に、彼女はアゴが外れるんじゃないかという感じで——この盛大な掌《てのひら》返しを目の当たりにして、口をあんぐりとさせてしまっている。

　でも、まあ都合良すぎだよね。ここもマリアと僕は同感だったようで、マリアはすぐにニヤリと意地悪そうに笑ったんだ。

「クラス代表は——締め切り済みです♪」

　そのままマリアは後ろ手を振りながら、選手控えのテントに戻ろうとして……一瞬だけ立ち止まって、振り向きもせずに背後の連中にこう言葉を投げかけた。

「ま、最後の心当たりの一人に断られたら……アンタ等《ら》の中の一人を使ってあげても良いけどね」

　そうして、僕たちは「勝ち馬に乗せてくれ——！」という、都合のいい叫びを背中に受けながら控え席に戻ったのだった。

猫耳と精霊と氷の皇帝

――魔法学院食堂。

僕たちは本選進出を決めたということで、学院の食堂で打ち上げの食事会を開いていた。

ちなみにこれは僕の前世の頃からの内輪での習わしだね。

弟子が大会やら論文やらで認められた時は、こういう具合に総出で飲み食いをするということにしている。

育てるために厳しくするのは必要なんだけど、褒める子は育つって言葉がある通り、それと同じ位に褒めるというかご褒美も大事だ。

と、いうことで、こういう時は僕がお金を出して、どんちゃん騒ぎすることになってるんだよね。

「しかしケッサクでしたねエフタル様。あの生徒会のクソガキ共の顔と言ったら――」

ゴツンと思い切り、マーリンの頭にゲンコツを落とした。

「次やったら本当に怒るよ？」

「……申し訳ありません」

「マーリン……君は四百年以上も生きてるんだから、もうさすがに子供っぽいことはやめたほうが良いよ」

「ところでじゃな。このエビフライは中々の一品じゃな」

と、その独特な言葉遣いを受けてマリアが大きくうなずいた。

「サーシャ様もそう思われます？　私も好きなんですよ！」

「ああ、あとじゃな、中々良いワインを置いておるなこの食堂。この酒は教職員用かえ？」

口の中のエビフライを豪快に胃に流し込むように、師匠……サーシャはワイングラスを傾ける。

で、この問いかけにはアナスタシアが答えたんだよね。

「はい。お酒は学生には売ってくれないんです」

と、そこで僕とマーリンとアナスタシアとマリアは同時に大きく目を見開いて——


「「「何でこんなところにいるんですかっ!?」」」

「ん？　美味《うま》そうな香りがしたもんじゃからの」

「いや、師匠っ!?　貴方《あなた》は普段は世界樹の住居に引きこもって寝てるんでしょう？」

僕の疑問の投げかけに、小首を傾《かし》げながらサーシャは言った。

「ああ、レベル10を見れるかもしれんかったのでな。祭り……やっとるんじゃろ？」

その言葉の真意を考え、僕をやれやれと肩をすくめた。

「僕がこの場でレベル10なんて使うと思いますか？　使ったら面倒ごとでしかないでしょうに？」

そこでサーシャは「カッカ」と笑ってワインを更に一口。

「いや、お主ではないよ。お主以外のレベル10じゃ」

「僕以外の……レベル10ですか？　この時代でレベル10を扱える者は僕と師匠と……そして炎神皇《クリフ》だけですよね？　マギアバーストの関係でマーリンですら扱うことは不可能なんですよ？」

問いかけに、サーシャは小さく頷《うなず》いた。

「と、表向きはそうなっておるな」

「表向き……？」

「例えば……じゃ」

サーシャは、アナスタシアとマリアの二人を指さした。

「エフタル、お主はこの二人に器写しを使ったろ？」

「……何でもお見通しなんですね」

「んなもん魔力の流れを見りゃあ分かる。理論的にはこのヒヨコ二人の魂は変質前の……四百年以上前の連中と同じじゃ。鍛えればレベル10まで到達するのも、また道理」

言葉を受けて二人は「えっ!?」と呆気《あっけ》に取られた。

「私たちが……」

「レベル10……使えるんです？」

「ま、想像を絶する修練の先じゃがな」

「あの時言ったろ、マリア？」

「言ったって……何のこと？　エフタル？」

「僕は君を、若き魔術師の最上位の称号――緋緋《ヒヒ》色金《イロカネ》の領域に連れて行ってあげるってね」

僕の言葉でマリアは「ゴクリ」と息を呑《の》んだ。

まあ、サーシャの言っている通りに、それはとんでもない道のりだ。

最終的には本人の努力次第なんだけど……もしも望むならば二人には道の歩き方は教えるつもりだ。

何度も何度も壁にぶつかり、挫折の連続が確定している苦難の道だけどね。

と、まあそれはさておき――。

「僕以外にレベル10ってどういうことなんですか師匠？」

「まあ、やりようはあるということじゃ。変異してしまったこの世界……でもな」

「しかし……雷神皇《エフタル》祭を見に来たってことは……学生の中にいるってことですよね？」

いくら何でもそれはありえない。

四百年前のあの時代でも……いや、歴史的に見ても十代でレベル10なんて見たことも聞いたこともない。

「のう、エフタル？　お主にずっと秘密にしていた魔法適性の秘密の……その一端を教えてやろうか？　お主は魔法適性の治療の方法を探っておるのじゃろ？　もう一人のレベル10については、まずはそこを説明せんとどうにもならんでな」

「僕の魔法適性についても知っていたのですか。本当に何でもお見通しなんですね」

「ま、これでもお主の師じゃからな。で、じゃ……適性無しとはつまりは無色ということじゃ。火であれば赤、風であれば緑、土であれば茶色、水であれば青という風にな」

「……話が見えませんね」

「結論から言った方が早いかの。治療の唯一の方法は、存在の根源《ルートオブルーツ》に連なる一連の事象じゃよ」

「存在《ルートオブ》の……根源《ルーツ》？」

「お主は魂のレベルからの特異性があるのじゃ。この世界でも稀《まれ》に無色を持っている者もあるが、お主の場合は必然じゃの」

「僕の適性なしが……必然？」

と、そこでサーシャは立ち上がり、小さく僕に耳打ちしてきた。

「じゃから、二度目もそうじゃったろ？　必然なのじゃよ、その運命は」

ゾクリと僕の背筋に冷や汗が流れる。

「師匠……どこまで俺のことを知っている？」

「まあ、師じゃからな。最初から知っておったよ。お主の死後であれば……いや、適性試験薬を作る前の炎神皇も知っておったのではないかの？」

「……存在の根源《ルートオブルーツ》とは何だ？」

「根源《ルーツ》……女神へと至る道。炎神皇の求めていた古代のアーティファクト……ま、タダで話すのもアレじゃな」

「女神って……それに炎神皇っ⁉　おい、本当にどういうことなんだよっ⁉」

「女神については我よりもお主の方が詳しいのではないか？　生憎《あいにく》、我はアレとは会ったことはない故にな。こちとら――天然物じゃから」

おいおい、やっぱり転生の女神の存在すらもサーシャは知ってるってことなのか？

と、そこでサーシャはニヤリと笑った。

「レベル10とは嫌でも祭りでぶつかることになろう。アレがどのようなものかを知ってから……教えた方が話が早い」

そうしてサーシャが後ろ手を振りながら「じゃあの。祭りが終われば我が住居を訪ねて

こい」と、歩き去ろうとしたところで――

「おい、師匠っ！　話は終わっちゃいねえ――」

と、そこで俺は舌打ちした。

――レベル９：次元転移《エクステレポート》。

「逃げやがった。しかし……全くもって正真正銘の化け物だな、アレは」

俺に初動の魔力の流れすら感じさせずに……消えやがった。

ったく、本当に食えねえ爺《じじい》だ。と、俺は肩をすくめたのだった。


土曜日の休日。

「ってことで、最後のメンバーを引き込むために寮へ向かうわよっ！」

そんなマリアの鶴の一声で、僕たちは学生寮へと向かうことになった。

ちなみに、僕とアナスタシアは通学生なので、寮についてはイマイチ分からないんだよね。

まあとりあえず、学校の敷地内の隅っこの六階建ての建物が寮という訳だ。そして内部は相部屋じゃなくて、完全個室と聞いている。

伝え聞く限りは建物内の内装はそれなりに豪華ということだったんだけど、建物内に入った瞬間にそれが事実だと分かった。

まあ、何だかんだでこの学校は名門校なので、遠隔地からの魔族の貴族が多いということだから、そこは当たり前の話かな。

「で、僕たちは誰の部屋に向かっている訳？」

「この前さ、クラスメイトは戦力として使えないって話したじゃん？　一人だけ例外がいるのよ。性格に難アリなんだけど……候補が寮にいるって訳」

いや、その人もマリアには性格に難アリとは言われたくないと思うよ？

と、口に出そうになったけど、後が面倒そうなので止めておいた。

「あの……マリアさん？　その人はどんな方なのでしょうか？」

「人間の宗教組織――聖教会所属の特別推薦入学ね。六歳という年齢で魔法学院に入学してきた天才少女よ」

その言葉を聞いて、僕とアナスタシアは同時に目を見開いた。

「六歳って……凄《すご》いじゃないかっ！」

いや、本当に凄い。僕の時代にも飛び級みたいな制度はあったけど、いくらなんでもその年齢で魔法学院に入学を認められるなんて聞いたことがない。

と、そこでアナスタシアが小首を傾げた。

「しかし、聖教会の方が何故《なぜ》に魔族の学校にいらっしゃるんです？」

「ちょっと訳ありの子みたいでね。聖教会所属というのも、実家から派遣されて……更にそこからっていう形みたい。まあ、魔術修行の一環ね。生まれてから色々な流派の門を叩《たた》いて六歳まで色んな学派の魔術を学んでいたみたい」

「いや、でも六歳なんだよね？　その年齢で色んな流派を？　基礎を学ぶ時間すらないと思うんだけど……」

「いいえ、かなりのレベルで習得済みということよ。ハッキリ言っちゃうけれど、あの娘だけは……ひょっとせずとも天才美少女である私を超えちゃっているわね」

マリアがここまで言うのか……。これは本当に中々に凄い人材なのかもしれない。

「でも、そんな人がどうして……元々クラス選抜に選ばれていなかったの？」

そうしてマリアはその場で深くため息をついた。

「……とんでもない引きこもりなのよ」

「引きこもり？」

「ええ。なんせ……もう三年留年してるしね、実家から勘当されて、聖教会からも追放されて、相当にショックを受けているみたい。ちなみに留年が重なりすぎて魔法学院からも追い出されそうになってるわ。いわゆる崖っぷちって奴《やつ》よ」

「ちょっと待ってマリア。意味が分かんないよ。その子は天才だったんだろう？　留年三回って……？」

「えーっとね……四歳で神童、五歳で才子、六歳でただの人って感じになっちゃったのよ。そりゃあ普通の連中に比べればぶっちぎりだったんだけど、当初二か月で飛び級の予定が普通の進級になって、そこから彼女は壊れちゃったんだよね」

「いや、壮絶なスピードで落ちぶれた……って感じでいいのかな？」

「そういうことね。ともかく、聞いた話だと一年次としてはぶっちぎりなのは間違いないわ。現時点で使えるコマなのは明白よ。それにね？」

「それに？」

「さっきも言ったけど留年を三回やらかしちゃってるものだから、学費や寮費の特待生免除も今回の雷神皇祭で期間満了で消えるはず。ここで実績作っとかないと後がないほど追い込まれてるのも事実よ。話の持っていきかた次第では協力はしてくれるんじゃないかな」

「なるほど……それじゃあ向かおうか」

そうして寮内を歩くこと数分、僕たちは部屋の前に辿《たど》り着いたのだった。

コンコン。と、ドアをノックしたんだけど、そこで僕の頭の中に何かが引っ掛かった。

六歳で入学してそこから三年、そして引きこもり……つまりは出不精。

それに、あの子は確か……親とは一緒に住んでないと言ってたしな。元々、部外者であるはずの彼女が魔法学院内で普通にモノを売っていたのも、まあ疑問ではあった。

ドアの向こうからヒタヒタとこちらに歩いてくる音。

そしてドアが開いて——眠たげな瞳の猫耳の女の子が無表情と共にドアを開いた。

「……せっかく一人で引きこもり生活を満喫していたというのに。何の用？」

まあ、いわずもがなで件《くだん》の少女は、つまるところは水色の髪の女の子……シェリルだ。

と、僕はため息をついたのだった。

☆★☆★☆★

そして三十分後。

「えーっと……どうして二人がシェリルの部屋の片付けをしているのかな？」

言葉通り、マリアとアナスタシアは酷《ひど》い惨状の部屋を片付けている真っ最中だ。

部屋の様子は……汚いというか、とことんまで散らかっているって感じの部屋だね。

そこらに魔法書が散乱していて、独り身だった頃の僕の研究室みたいな印象をまず最初に受けた。

そういえば結婚してからブリジットにいつも怒られてたっけかな。弟子を取るようになってからは、マーリンが進んで片付けてくれたので助かったのを覚えている。

で、部屋の主であるシェリルは、何もせずにアップルパイに舌鼓を打っている状況だ。

「……自慢ではないが、私には生活力が皆無」

「本当に自慢じゃないからねそれ。ところで……どうしてシェリルは僕の膝の上に座っているんだい？」

シェリルはアナスタシアとマリアに部屋の片付けをお願いして、僕には部屋の真ん中で座るようにお願いしてきたんだよね。

それがクラス代表になる条件だったんだけど……。

で、僕が胡坐《あぐら》で座ると同時にちょこんと股の間に座ってきたんだ。

「……エフタルは良い匂いだから」

そして、この三十分ずっと……僕の胸元やら首筋やらをやたらと嗅いでくるんだよね。

やめてほしいんだけど、これは獣人族特有の習性か何かなんだろうか。

「そういえば前もそんなこと言ってたね」

「……ん。やっぱり兄さんと同じ匂いがする」

クンクンと首筋を嗅がれて、鼻先がどんどん上がってきて——耳まで来たところでこそばゆくなった。

「……はは、こそばゆいからやめてね」

苦笑しながら引き離すと、シェリルはぷくりと頰《ほお》を膨らませて——

「…………がおー」

威嚇されてしまった。いや、怒っているのだろうか。

「怒ってるの？」

「……ん。突き放されるのは嫌。だからご機嫌ななめ。クラス代表にはならないと言いかねない位に」

と、プクプクと両頰を膨らませてしまった。

いやはや、面倒な子だなと思いながら、僕は両手を広げてみた。

「ごめんごめん、もう拒否しないから。ちょっとこそばゆかっただけなんだ」

すると、パアっとシェリルは花が咲いたように表情を明るくして……っていっても、まあ無表情なんだけどさ。

「ぎゅー……」

と、僕の胸に飛び込んできたのだった。

その時、部屋を片付けているマリアが呆《あき》れ顔でこちらに視線を送ってきた。

「変に幼女の扱い慣れてんじゃん？」

「どうなんだろう？　まあ、素直で良い子だと思うよ。何故だか僕は気に入られたみたいだし」

「……ん……良い子？　シェリルは良い子？」

「まあ、不思議ちゃんだけどね」

そうしてシェリルは「えへへ」と言って僕に更に抱き着いてきたのだった。

まあ、どこまでいってもやっぱり無表情なんだけどさ。


で――。

なんとか部屋は片付いて、一段落とばかりにアナスタシアがみんなに紅茶を淹《い》れてくれたんだ。

ちなみにシェリルの生活力皆無という話は本当のようで、紅茶のセットも食器もないものだから、寮のマリアの部屋に取りにいったような始末だ。

「ああ、エフタル、丁度お昼時だからコレ……食べなさい」

と、みんなでお茶を飲んでいるときに突然マリアがそんなことを言い出した。

「……サンドイッチ？」

「アンタ牛肉好きでしょ？　具材……ローストビーフを馬鹿ほど入れておいたから」

たっぷりと牛肉を使って、レタスを挟んだ美味《おい》しそうなサンドイッチだった。

どれどれとばかりにサンドイッチを一口パクリ。

うん、美味しいね。ステーキソースをベースにした味付けで、軽くレモンの香りが食欲を誘う感じだ。

「しかし、どうして僕が牛肉好きだと？」

「そんなもん、食べてるもんみてりゃ分かるわよ」

そうしてマリアはまつ毛を伏せて、ボソっと呟《つぶや》いた。

「……いつもアンタのこと見てるんだから……嫌でも分かるのよ。分かっちゃうのよ……」

さて、これはまた反応に困ることを言い始めたぞ。

そして、アナスタシアも困惑のあまりにフリーズしているね。

と、そこでシェリルがマリアに物欲し気な視線を送った。

「……私もお腹《なか》がすいている」

「アンタのはこっち。ああ、アナスタシアのもちゃんとあるからね」

と、小包の中から、紙で包装されたサンドイッチをマリアは取り出した。

「エフタルがいつも食べてる店のだから味は美味しいはずよ」

「……ん」

嬉しそうに——と言ってもまあ、無表情なんだけど——シェリルはサンドイッチをパクつき始めた。

「どうして僕のだけは手作りなのマリア？」

「シェリルとアナスタシアのは義理で、エフタルのは本命だから」

真顔で言われてしまった。

この娘《こ》は隠す気ないってことなのか……いや、それは不味《まず》い。良くない傾向だ。

アナスタシアもさっきからのマリアの態度を見て、完全フリーズ状態で機能停止したパソコンみたいになってるし……。

「ああエフタル。この前言ってた命を救ったお礼のお願い……アレは冗談じゃなくてマジだから。ちゃんと何にするか考えといてね」

「っていうと？」

「本当に何でもいいわよ。例えば……」

「例えば？」

「デートしてほしいとかさ、色々あるじゃん」

やはり、真顔だ。どうにも最近——

——グイグイ来るねマリアは。

これは……ああ、面倒だぞ。そういう展開、僕は今は考えたくないっていうのに……。

「あ、そういえばマーリンからお弁当を貰《もら》っていたんだった」

「マーリン様から？」

「うん、みんなで一緒に食べよう。マーリンはああ見えて料理上手だからね」

料理の基礎は前世の僕が仕込んでいるので、必然的に味付けが僕好みになっているんだよね。

男の料理感……というか豪快感が出てるけど、まあ美味しいのは間違いない。

「……ん。美味しい」

「意外だわ。本当に美味しい……マーリン様のことだから変なものを作ったと思っていたのに」

うん、マーリンの弁当は好評なようだね。

と、そこで僕は、アナスタシアが泣きそうな表情になっていることに気が付いた。

「あの、えと……ごめんなしゃい！」

久しぶりに噛《か》んじゃったけど、どうしたのかな？

「あ、あの……その……わた、わたし、気づかなくて！　何も作ってこないでごめんなさい！」

「ああ、そういうことか。良いんだよ気を使わないで」

「で、でも……このメスブ――いや、マリアさんがサンドイッチ作ってきているのに！　私は……奴隷の癖に気も利かないグズでマヌケなんです！」

　今、メスブって聞こえたけど……。

　まさかね、まさか……メスブタとか言いかけた訳じゃないよね。アナスタシアはそんな子じゃないよね。噛んじゃっただけだよね。

　うん、精神衛生上よろしくないからそういう風に考えておこう。

「いや、本当に気にしないで良いよアナスタシア」

　しかし……と、僕は周囲を見渡した。

　テーブルもない部屋の中、みんなで車座になっている状態ってよくよく考えてみると中々カオスな状況だね。

　まあ……冒険者生活時代の野営なんかに比べると全然マシなんだけどさ。

「あの……ご主人様？」

「ん？　なんだいアナスタシア？」

「全然話変わっちゃいますし、自分でお茶を淹れておいてアレなんですけど……私……猫舌で熱いお茶は飲めないんです」

「あ、そうなんだ」

　と、そこでシェリルが、アナスタシアのティーカップに左掌《ひだりて》を向けた。

「レベル1：氷神塊《クリエイトアイス》」

大気中の水分が凝縮され、カランカランと氷がアナスタシアのカップの中に放り込まれていく。

「あわわ、こぼれちゃいますよ！」

慌てて両手でアナスタシアはカップを持った。

まあ、両手で持っても意味ないんだろうけど、とりあえずカップの紅茶は零《こぼ》れることはなかったので一安心だ。

「へー、便利な生活魔法ね。そんな小さい氷を発生させるなんて……っていうか、そんな魔法聞いたことないわよ？」

と、そこで僕は膝の上のシェリルを持ち上げる。そのまま立ち上がり、ゆっくりと彼女を地面に置いた。そうして向き直ると同時に――

「おい、お前？　その魔法……どこで習った？」

僕じゃなく、俺の方がそう尋ねたのだった。

そう、俺がこの魔法を最初に見たのは決戦の魔王城の前夜、野営のテントで……だ。

――これは氷神皇のオリジナル魔法。

いや、正確に言えば……現代知識のある俺が、氷神皇に飲み物を氷で冷やすという概念を伝えて、それであいつが考案した生活魔法だ。

「……どうしたエフタル？　顔が怖い」

「もう一度聞く。どこで習った？」

「……内緒にしてくれる？　止められている訳ではない。だけど口外することは……良くないと思うから」

俺が頷《うなず》くと続けてアナスタシアとマリアも頷き、シェリルは小さくため息をついた。

「……私の名前はシェリル。シェリル＝オールディス。とある国の公爵家の養子だ。いや……養子だった。そして――」

シェリルは少し何かを考え、小さく頷いてこう言った。

「養子に貰われる前の名前はシェリル＝アルフォード。つまりは――氷神皇……その開祖を先祖に持つ」

やはり炎神皇に殺されたっていう氷神皇《アイザック》の血縁者……か。

言われて気付いたが、目元にその面影が微《かす》かに残っているような気がする。

しかし、おかげで何故、こいつが急に天才からただの人になったのか、そして、何故に以前は天才だったのかもこれで分かった。

と、いうのも、どうやら……アイザックの馬鹿野郎は本当に種族の壁を越えて子供を作ったらしい。

絶対に面倒なことになるからやめとけってあれだけ言ったのにな。猫の耳から最初は獣人かと思っていたが、シェリルはそうじゃない。

そう、シェリルには獣人じゃなく精霊の血が入っている。

それもとんでもなく濃い血だ。

先祖返りのような状況で、魔力が枯れるのも時間の問題ってところか。

っていうか、俺は散々止めたのに、その尻ぬぐいを俺にってか？　そりゃあねえだろアイザックよ。

「はー……」

九歳か、だったら、ほっとけば一年以内に死ぬことも考えられる。本当に面倒以外の何物でもないなこりゃ。

しかし、旧友の子孫だ。

見過ごす訳にもいかんよな。

「おい、シェリル？」

「……何？　エフタル？」

「もうすぐ寮費免除もなくなるんだろ？　義理の父親にも見捨てられてるみたいだし……行くところがないなら、俺とアナスタシアが住んでいる屋敷に来るか？」

またマーリンに変なものを拾ったってグチグチ言われるんだろうが、仕方ない。

手元に置いて状況観察もしないといかねーしな。しかし、本当に勘弁してくれよアイザック……。と、そこで俺は自嘲気味に笑った。

いや……俺も悪いか。

普段は冷静沈着な癖に四十超えて精霊に熱を上げてしまったアイツを、俺は口では止めてたが……心のどこかでは応援してたんだから。

「……エフタル。急に雰囲気が変わった。でも……やっぱり兄さんの匂いがする」

「で、どうするんだ？」

「……ん」

そうしてシェリルは小さく頷きそう言ったのだった。

☆★☆★☆★

屋敷の晩餐《ばんさん》室で、アナスタシアが抗議の声をあげた。

「マーリン様！　どうしてシェリルちゃんは屋敷に部屋を用意してもらえるんです？　うう……私は庭の小屋に住んでいるのに……」

「シェリル様は氷神皇の直系という話ではないか。貴様のような駄犬とは——生まれながらに扱いが違うのは当たり前だっ！」

「そんな……そんなことって……」

「黙れ駄犬がっ！　犬が自己主張などとは百年早いっ！　犬は——犬小屋がお似合いなのだっ！」

「うぅ……酷《ひど》いんですマーリン様」

うん、確かに酷い。言葉もない。まあ、マーリンはアイザックには懐いてたから、シェリルに甘いのは分からないでもないんだけどね。

と、そこでマリアがポンと手を叩《たた》いた。

「アナスタシア？　犬がどうとか言ってる前にやることあるんじゃないの？」

と、アナスタシアが立ち上がり、続けてマリアも立ち上がった。

「ということで、ご主人様！　私たちはお料理作ってくるんです♪」

ああ、完全に忘れてたけど、そういえば今日はシェリルを歓迎する食事会だったね。

で、待つこと一時間。

状況を説明すると、シェリルを屋敷に迎え入れることが決まった後、彼女達は「それならば頑張ってお料理を作るんですっ！」と、妙に張り切ってしまったっていうことだ。

「さあ、お待たせしたわね」

大皿と共に厨房《ちゅうぼう》からマリアが戻ってきた。

彼女が用意してくれたものはフライドチキン……というか、カラアゲみたいなエルフ伝統の食べ物だ。

「アナスタシアは私の後に揚げ始めるって言ってたから、後で持ってくると思うわ」

「ほう、マリア学生。このカラアゲ……見た目と香りは及第点を出してやろう」

大皿に載った大量のカラアゲを見て、料理にはうるさいマーリンが珍しく褒めているね。

そうしてマーリンはカラアゲをフォークで突き刺してパクリと一口。

そのまま大きく目を見開いたマーリンはテーブルの上の大皿を抱え込むようにして、猛烈な勢いでパクパクと食べ始めた。

「美味《うま》い！　美味い！　何なのだコレはっ！」

バクバクバクっ！

一心不乱に食べ続けるマーリンの猛烈な食べっぷりを見て、僕は若干引き気味になる。

っていうか、マーリンが気に入るって、本当に相当なことだからね。

と、そこでトテトテとアナスタシアが部屋に入ってきた。

「ご主人様ー！　私のカラアゲもできたんですー♪」

アナスタシアの大皿がテーブルに置かれ、そして一同がそのカラアゲを見て絶句した。

――それは紫色だった。

そして、それは刺激臭がした。

なんというか、具体的に言うと化学薬品とかのヤバい系の香りがした。

しかもそれは、見る間に表面がドロドロにどんどん溶け始めてきているのだ。

酸……？

このソースに見えるゲル状の液体は……酸性なのかな？

そういえば、臭いはアシッドスライムのソレと酷似しているような気がする。

しかし、厨房に置いている食材で、はたして……どうやったらこんな魔物系の臭いを発する食べ物を作ることができるというんだろう。

「こんなもの僕は食べないからねっ！」

もう、見た目も臭いも明らかヤバすぎるしね。

「ご主人様……食べてくれないんです？　私……悲しいです」

と、そこでアナスタシアは瞳に涙を浮かべて悲し気な表情を作った。

アナスタシアの——触れば壊れてしまいそうなほどに、切なく、可憐《かれん》な、そして——今にも泣きそうな表情。

それを見てマーリンは、ぎゅっと拳を握りしめた。

「エフタル様？　アナスタシアは食べて欲しいようですが？」

「いや、だから僕は絶対に食べないからねっ！」

「ふむ……エフタル様がそこまでおっしゃるなら、ここは私が出るしかないでしょう。駄犬も駄犬なりに一生懸命作ったようですし……ね」

と、そこでマリアがため息をついた。

「うーん……。いや、ここは私が食べるわ。食材を無駄にしちゃいけないってのが私の信条だし。アナスタシアも頑張って作ったんだし」

「待て、マリア学生。ここは年長者の私が——」

「マーリン様、ご無理をなさらず。ここは私が食べます」

「しかし、そういう訳にもいかんだろう？　頑張ってアナスタシアが作ったというのに。その気持ちを無駄にするわけにはいかん」

「いやいや、ここは私が……アナスタシアも頑張って作った訳ですし」

「貴様も分からん奴《やつ》だな。私が食べると言っている」

今にも泣きそうなアナスタシア。

彼女に対する二人の気遣いを見ていると……料理を食べないと拒絶していることに対して、何だか僕は自分が悪いことをしているんじゃないかという気持ちになってきてしまった。

そうして僕は意を決してこう言ったんだ。

「それじゃあ僕が食べる――」

「どーぞ」「どーぞ」「どーぞ」

息ピッタリだった。

つまりは、アナスタシアも含めて三人が、同時に紫色のカラアゲの大皿を僕の前に差し出してきたのだ。

――くっそ……やられた！

なんてことだ……まさか、異世界でダ○ョウ倶楽部《くらぶ》ネタをやられるとは思わなかった。

っていうか、どうしてこんなに息ピッタリなんだよ、この三人。

更に言うと……だ。一応、全員……僕の弟子なんだよね？　薄々とは感じてたんだけど、マーリン筆頭に、軽いノリの時……というか、はっちゃけてる時の僕の扱いってなんだかおかしくない？

しかし、まあ、この状況になってはカラアゲを食べることは避けられるものではないね。

そうして僕は覚悟を決めて、カラアゲをフォークで突き刺し、恐る恐るといった風に口に入れてみた。

「ゴブファっ！」

それは――。

まるで、口の中で爆発魔法を食らったかのような……って、爆発魔法っ⁉

「あ、あ、アナスタシア？　君はこの紫色の刺激臭のするカラアゲに何を入れたんだい？」

「え？　火薬……とか？」

本当に爆発系調味料をつかっていただとっ⁉

「あと……マンドラゴラとか？」

麻薬系だとっ⁉

「それと……隠し味にベニテングタケとか？」

確死味じゃないかっ！

「と、ともかく僕は食べるといったからには努力してみるよ」

そうしてもうひとつのカラアゲに手を出そうとした時――

「駄目ですご主人様！　二つ目はダメです！　致死量を超えます！　二つ目以降は解毒ポーション無しでは太刀打ちできないんですっ！」

「毒物であることを隠そうともしてないよねっ⁉」

「解毒ポーションを飲み物に混ぜていますので、飲みながらご賞味くださいなんです♪」

「ニッコリと微笑《ほほえ》んできたけど、悪魔の笑みにしか見えないからねっ⁉」

と、僕とアナスタシアがやり取りをしていると、横合いからフォークが伸びてきて、パクリと食べたシェリルが小さく頷《うなず》いた。

「……ん。意外に美味《おい》しい」

言葉と共にシェリルは大皿を自分のところに引き寄せていく。

「本当なの？」

「……ん。見た目と臭いは確かに悪い。そして口に入れた瞬間は確かに爆発的な衝撃もある。でも、嚙《か》み締《し》めてみると、芳醇《ほうじゅん》に熟成された香り――そして味わい深い旨味《うまみ》がある」

ふーむ。さっきはすぐに吐き出してしまったから、確かに嚙み締めて味わってなかったな。

察するに、日本で言うと納豆的なシロモノで、実は美味しいのかもしれないね。

そうして僕はフォークで紫色の鶏肉《とりにく》を突き刺して、再度口に入れて……うう、やっぱりこれは酷い。酷すぎる。

でもまあ、嚙んでみれば美味しいらしいし……と、意を決してガブリと咀嚼《そしゃく》してみた。

そして――

「ゴブァっ！」

生ゴミだ。

噛み締めて広がったのは……熟成された生ゴミの臭いだった。

「……ん。何故《なぜ》に吐くのエフタル？」

「な、な、生ゴ……」

「酷いんです……生ゴミといいたいのですかご主人様？」

いかん！

アナスタシアがまた泣きそうになっている！

「……ん。ともかく、美味しいものは美味しい。この熟成された芳醇な香り……」

いや、生ゴミの臭いだけどね。まあ、シェリルからは不思議ちゃんのオーラが漂っているし、馬鹿舌だとしてもおかしくはないか。

「……本当に美味しいアナスタシア。私の歓迎会のために頑張って料理を作ってくれてありがとう」

「どういたしましてなんです！」

と、目じりに涙をためて、アナスタシアはその場でピョンピョンと飛び跳ね始めた。

「……アナスタシア？　何故にそこまで嬉しがっているの？」

「あの、その……えと……私……料理を褒められたのは生まれて初めてなんですっ！」

だろうなっ！

と、僕が引きつった表情をしていると——

「やっぱりご主人様は食べてくれないのです？　私が一番食べて欲しい人はご主人様なのに……全部吐き出してしまいました」

「あ、いや……うん、悪いけど……これ以上は遠慮しておこうかな？」

「うぅ……」

本日何度目か分からない感じで、アナスタシアが涙目になっている。そうしてマーリンはアナスタシアのその顔を見て、渋面を作った。

「エフタル様が嫌だとおっしゃるなら、やはりここは私が食べるしかないでしょう」

「いえ、私が食べるわ。食材は無駄にはしてはいけないって、エルフの里で教えられたし」

決死の表情で紫色のカラアゲに挑もうとしているマーリンとマリア。

そして、今にもやっぱり泣きそうなアナスタシア。

そんな三人の様子を見ていると……アナスタシアの料理を拒絶してしまった僕は、やっぱり何だか自分が悪いことをしているような気持ちになってきてしまった。

「それじゃあやっぱり僕が……」

「どーぞ」「どーぞ」「どーぞ」「どーぞ」

シェリルも含めて、全員が紫色のカラアゲの大皿に手を伸ばし、僕の前に差し出してきた。

まさかの二回目。

ダチョウ倶○部の……天丼……。と、僕が戦慄の表情を浮かべていると――

「……ふ……ふふふ。くふっ……ふふ」

「シェリル？」

「……ん。こんなに騒々しい食事は久しぶり。それに声に出して笑ったのも……二年位ぶりだと思う」

笑ったって言っても、口で笑っただけで、いつもの通りに無表情なんだけどね。

「二年ぶり？」

「……二年前からずっと食事は一人で、まともに人と会話もしていないから。今日は……新鮮。不思議な気分」

「君には色々と事情がありそうだしね。君が望むならずっとこの屋敷にいれば良いよ」

「……ん」

その言葉と共にシェリルは小さく頷いたのだった。

と、その時、マリアは立ち上がり、ポンとシェリルの頭に掌《てのひら》を置いた。

「まあ、色々と訳ありなんだろうけどさ、アンタはもう安心して良いと思うよ。私も最初はずっと一人で意地張ってたんだけど……何だかんだで居場所ができたしね」

「……居場所？」

「ま、その内……分かるわ」

そのままマリアは頭を乱暴に撫《な》でまわし、シェリルは困ったような表情を作ったのだった。


翌日。

今日、僕はマリアを誘って大森林に来ている。

アナスタシアの料理を食べてからお腹《なか》の調子が異常に悪いんだけど、まあそこは気にしたら負けだろう。

魔道の探求を始めて色んなことを研究してきたけど、まさか普通の料理の腹痛を治すのに、解毒魔法が効果があるとは知らなかったな。

正直、驚いた。一度論文にまとめてみる価値があると思う。

と、冗談はさておき、マリアは濃い緑の匂いの中、慣れた手つきでひょいひょいと籠に魔草を詰め込んでいっている。

「ねえエフタル？　どうして魔草なんかを採取するとか言い出したの？」

うーん……。

まあ、マリアには言っても大丈夫だろう。

マーリンは氷神皇の話を聞いた後、シェリルの魔力の流れを見た瞬間に気付いたみたいだし、見る人が見れば分かることでもあるしね。

「実はね……シェリルはちょっと厄介な病気にかかっている」

「厄介な病気？」

「先天性の病気だ。彼女はただ生きるためだけに膨大な魔力を消費するんだ。放っておいたら死んでしまうだろう。精霊って言えば分かるかな？」

「大気中に潜む大自然の気……いや、神だよね。エルフは精霊信仰だから……そりゃあ分かるわ」

「青龍《せいりゅう》や玄武《げんぶ》――四聖獣と似たようなものなんだけどね。精神生命体である精霊が稀《まれ》に受肉して人間の形を模すことがあるって話は？」

コクリとマリアは頷き、僕は話を続けた。

「そうして戯れに物質界に受肉した精霊の少女が恋に落ちたのが……シェリルの先祖の氷神皇って訳だ」

マリアは「ははは」と呆《あき》れたように笑った。

「神様とくっついてしまうって本当に初代の四皇は……アンタを筆頭に何でもアリみたいだね」

「ともかく、彼女は先祖に精霊の血が入っていてね、いつ魔力が枯渇して死んでしまってもおかしくないような状態にある」

と、そこでマリアは目を見開いて真ん丸とさせた。

「アンタ、それを承知であの子を屋敷に囲ったの？」

「まあ、そういうことになるね」

「はは、やっぱアンタって変わってるわよね。アナスタシアもそうだったって話だし、私の時もそうだったじゃない。自分からトラブルに巻き込まれてるようにすら見えるわ」

「まあ……変なものを拾う癖は昔から抜けないんだよ」

マーリンからして、そもそもが魔王城で拾った赤子だしね。

と、マリアはやっぱり呆れたように笑って、しばし何かを考えてからため息をついた。

「でも、素敵よね。精霊と結婚しちゃうなんて……憧れちゃうな」

「ん？　マリアも精霊と結婚したいとかそういう話？」

そこでマリアは少し頬《ほお》を膨らませ、すぐに諦めたように首を左右に振った。

「そりゃあ子供の頃は、そんな御伽噺《おとぎばなし》みたいなことに憧れたことはあったけどさ」

「でも……」と、マリアは真っすぐな視線で僕の顔をジっと見据えてきた。

「今、私にはちゃんと好きな人がいるから。漠然とした憧れとかじゃなくて、現実の対象としているから」

「……」

見つめ合うこと数十秒、そこでマリアは樹木の隙間から覗《のぞ》く空を見上げた。

「でも、本当に素敵ね。種族を超えて、身分を超えて、ありえない二人がくっついたなんてさ」

「まあ、それはそうかもしれないね」

「……ま、私も身分違いの恋をしてるからさ、そういう話を聞いたら本当に良いなって……羨ましいなって、そんなこと思っちゃうんだよ」

「……」

ジっと、マリアは僕の言葉を待っているように、ただ僕の顔を凝視し続ける。

そこで彼女は再度、諦めたように首を左右に振って——

「……魔草ってことは、魔力補給の為《ため》に何か薬でも作るってこと？」

まあ、僕の目的はマリアの言葉の通りだね。

使うかどうかは分からないけど、シェリルが倒れたりした場合、いつでも応急処置ができるように薬は作っておこうという理由で、今日ここにいる。

「ところで、どうして私を連れてきたの？　アンタなら一人で何でもできるじゃん？」

「マリアは森育ちだからね、予想通りに魔草の群生地を良く見分けてくれてるよ。微妙な草花の生態系の変化で見抜く……僕じゃこうはいかないさ。実際、助かってる」

この手の採取でエルフの右に出る者はいないよね。

この辺りは冒険者ギルドでも嫌と言うほどに経験しているので、そういう理由でマリアを連れてきたというのは本当だ。

「これはこれは、雷神皇様のお役に立てて光栄ですわ」

芝居がかった口調と仕草のマリアに、僕はクスリと笑ってしまった。

「へえ、マリアも素直にそういうことを言うこともあるんだね」

「私だって素直な時位……っていうか、アンタと出会ってからトゲはだいぶんと抜けたつもりなんだけど？」

心外だとばかりにマリアは頬を膨らませた。

と、彼女は何か思うところがあったらしく、そうして覚悟を決めたようにマリアはギュっと拳を握ったんだ。

「ねえエフタル？　アンタさ、アナスタシアとキスしたことあるんだよね？」

突然、何を言い始めるのだろうかこの子はと、僕はその場で固まってしまった。

「ねえエフタル？」

そうしてマリアは僕に歩みよってきて、そのまま両手を広げて僕を抱きしめてきた。

「ちょっ……マリア？」

背が小さいから僕の胸元辺りに顔が来る。

そして、彼女は僕を抱きしめて、首の後ろに両手を回した。

続けて、マリアが背伸びをして、その顔が近づいてくると同時、僕の唇に——温かい何かが触れた。

「これは助けてくれたお礼。別にそれ以上の意味はないから」

ストンとマリアは背伸びをやめて、顔が離れていく。

「……エルフは確か……そういう風習だったっけ」

そう、エルフは義理堅い種族だし、変な風習もある。

例えば、異性に命を助けられたりした場合……そういう風にキスをして感謝の意を示すこともあるんだ。

実際、ブリジットにも昔にいきなりコレをやられて、そこで僕は完全に骨を抜かれてしまったという事情がある。

まあ、あの時はそういう風習だって知らなかったのもあって、完全に不意打ちで……そ

れでやられてしまったというのもあるのだけれど。

「えーっとね、エフタル？　この前……助けてもらったお礼にお願い聞いてあげるって言ったじゃん？　あの約束は、今のコレとは別口だから。お願いはお願いでちゃんと生きてるの。それでさ、お願いを使うならさ？」

そうしてマリアは上目遣いで、僕に挑戦的な笑顔を向けてきた。

「……もう一回キスしてあげても良いよ？」

「……」

「……」

「キスなんてお願いしてするもんじゃないだろう？」

「お願いしてくれるなら、もう一回……いや、何度でもしても良いよ」

「マリアさ、それ……本気で言ってる？」

「冗談ではこんなこと言わないわ」

「そういうのは……恋人同士でするものだろう。助けて貰《もら》ったお礼とかお願いとか……そういうのは要らないよ。そういうのは、正直なところ肩が凝って仕方ないんだ」

「アンタにとっては変なものを拾うのは日常かもしれないけどさ、助けられた方にとってはそうじゃないんだよ？　それは特別なことで……なあなあで済ませて良い問題じゃないの」

「だから、そういうのは僕は要らないんだって。ましてや恋人同士でするようなことをお願いだなんて……」

「私だって嫌いな相手にこんなこと言わない」

少しだけドキリとしてしまった。

しかし、本当にこの子は意図が読めない……いや、そういう風に逃げるのは、流石《さすが》に可哀想《かわいそう》か。

そうしてマリアは僕の予想通りに決定的な言葉を口にした。

挑戦的な風を崩さずに、どこまでも勝気にね。

「誰にでも当たり前に優しくて、曲がったことは力ずくでぶっ飛ばす。だから——私はそんなアンタが好きになったの」

本当に、厄介だ。

今までは敢《あ》えて気付かないフリをしていたけど……実は彼女の……ほぼストレートに僕に向けて投げかけられ続けた今までの度重なる攻撃は、若干ではあるけれど……確かに僕にダメージを与えているのも事実なんだ。

「お願い何でも聞いてあげるって……つまりは、そういうことだから。勿論《もちろん》、他のことにお願いを使っても良いけどさ、百万回のキスっていうオーダーでも私は一向に構わないから」

「……」

「恋人になって欲しいでも……あるいは結婚してくれでも良いから」

「……本当に君はストレートだね」

「はは、まあ、感情の赴くままに好き放題に生きてますから」

そして、面倒なことに、僕自身……こういう娘《こ》は嫌いじゃない。

全く、本当にタチが悪いなとため息をつくと、マリアは全てをやり終えたかのような晴れやかな表情で大きく頷《うなず》いた。

「ま、じっくりと考えておいてね。お願いを何にするかの答えは……卒業する位までに教えてくれたら良いから」

「……もしも結果として、僕が下らないお願いを君にしたら？」

「すっごい怒る。それでその後、一人で泣く」

即答だった。

いや、ニッコリとそういうことを言われても、こっちがすっごい困るんだけど。

しかし、これは本当に困ったことになった。別にこの子の気持ちを弄ぶつもりは欠片《かけら》もないけど、これじゃあ逃げられない。いや、逃がすつもりがないから……だからずっとずっとグイグイ来てたんだろうね、この子は。

今の話だって、結局、上手《うま》く行くにしろダメにしろ白黒ハッキリさせたいという話だ。

まあ、一連の行動は実にマリアらしいといえばマリアらしい行動ではある。

「ねえ。エフタル？　アンタあの時さ？　あと、数年もしたら私がアンタの好みの女に育ちそうって言ってたでしょ？」

確かに、言った。そういうことは言ったけどさ……。

そうしてマリアはようやく僕から離れて、悪戯《いたずら》っぽく笑った。

「火をつけたのは……アンタだから。私は悪くないんだもんね」

結局、自分が蒔《ま》いた種であることは認めざるを得ないようだ。

しかし、精神年齢的には文字通りに孫とお爺《じい》ちゃん以上に差があるんだけどな……と、僕は深く深くため息をついたのだった。

雷神皇祭本選と猫耳の兄

さて、僕たちは今、雷神皇《エフタル》祭本選の会場にいる。

とりあえずシェリルの魔力枯渇の状況はあまり良くないのは確かだ。

昔々の大昔、戯れに受肉した水精霊の少女と、生まれながらに魔法適性という意味で大気中の水の精霊に……恐らくは世界の誰よりも寵愛《ちょうあい》された氷神皇《アイザック》。

出会ってしまえば、親密な仲になるという運命は必然だったのだろうね。

で、人間と精霊のハーフってことで、その子供には当たり前に色々と無理が生じる訳だ。

何だかんだでアイザックとは親交があったので、昔一緒になって必死に文献を漁《あさ》ったんだ。それで結論は、魔力枯渇により十歳を迎えずに死亡する可能性が著しく高いということだった。

と、いうのも精霊は生命活動の維持に、とにかく魔力を食うんだよね。

まあ、そりゃそうだ。精霊と言うのは精神生命というか、存在そのものが魔力の塊なんだから。

だから、精霊は空気中の気を常時魔力に変換して吸い込むことによって、精神生命体としての力を保っている。

だけど、無論、人間にはそんなことはできない。要は人間が常時生産する魔力の量を上回るほどに、精霊と人間のハーフは燃費が悪いってことだね。

そして、人間の子の成長と共に必要消費量が増えて、やがては限界を迎えて死んでしまうってことなんだ。

あの時の計算上は確か……孫、ひ孫までいくとなるとギリギリで何とかなるんだけど、子供の段階ではどう計算しても無理が生じたって感じだったかな。

まあ、結果として子孫がいるんだから、直接の子供についてはアイザックが何とかしたんだろうね。

――恐らくは僕がシェリルに施そうとしている方法で。

っていうか、二人で「この方法なら子供の代は大丈夫」と結論出したんだから、それしかないんだけどさ。

で、当時の僕が一番恐れていたことが、今、シェリルに起きているような先祖返りだ。

神様的な存在……つまりはぶっちゃけ訳分からないものなんだから、何が起きてもおかしくなかったし、他種族との交配ではその事例は散見される。

そして、もしも子孫の代でそれが起きれば、その時にはアイザックもいないし対処不能となる。だから僕は……あの時、口を酸っぱくして止めたんだよね。

それで件《くだん》のシェリルなんだけど……。

死の運命とはいっても、明日明後日、あるいは一週間後に死ぬようなことはないけど、一か月後となると……保証はしかねるね。

だから、もしも枯渇の発作が起きて、突然に動けなくなった場合に備えて応急処置の薬も用意したんだ。

これでひとまずは安心の態勢といったところ……なんだけど、僕にはどうも腑《ふ》に落ちない点が一つある。

「……ん？　どうしたエフタル？」

「いいや何でもないよシェリル」

何でもないっていうのは嘘《うそ》だ。

そもそも、何故《なぜ》に……寮の部屋でレベル1とはいえシェリルが魔法を使ったのかも分からない。

本人が魔力枯渇に気づいていないのか、あるいは命に別状がないと確信に足る、他の何かがあるのか……まずはそれを今日、試合で見極める必要がある。

今回の祭りでは、サーシャから炎神皇《クリフ》という名前も出たし、どうにもキナ臭いんだよね。

シェリルを治療するにしても、何でもかんでも僕の想定通りに行くとは考えないほうが良さそうだし、分かる範囲での状況は確認しておいたほうが絶対に良い。

「でも、とりあえず、僕の服の裾を摑《つか》んで歩くのやめてくれないかな……？」

「……こうすると落ち着くので」

っていうか、どんだけ懐かれてるんだ……。まあ悪い気はしないけどさ。

今のシェリルに対する僕の感情は、完全に友達の娘に対するソレみたいな感じだね。

ほとんど身内みたいなもんだし、懐かれて寄ってこられれば素直に可愛《かわい》らしいと思うのは仕方ない。

そうして僕がシェリルの頭を撫《な》でると、やはり「えへへ」と上機嫌に猫耳をピクピクと動かした。

「……やっぱりエフタルに撫でられると安心する」

「安心？」

「……兄さんと同じ匂いがするから……ぎゅー」

と、やっぱり抱き着かれてしまった。

それはともかく今日は雷神皇祭の準決勝となる訳だね。

今回はチーム戦での一発勝負だ。試合自体は楽勝なんだろうけど、シェリルの魔力枯渇の本格処置を施す前に、まずは本当にそうなのか、実戦を通してごまかせないところで確認しておきたい。

下手に処置をすると命に係《かか》わる問題でもあるので、雑な仕事ではなく慎重にね。

☆★☆★☆★

と、まぁそんなこんなで雷神皇祭の準決勝が始まった訳だね。

ちなみに僕たちの相手は三年次のクラスだ。

生徒会は全校生徒の最優秀を集めているので、クラスを超えた混成兵団となっている。

それで、今回は予選の時と違って学内施設のコロシアムでの戦いとなるみたいだ。

現代地球で言うとローマのコロッセウムを小綺麗《こぎれい》にしたみたいな感じと例えると、いくらかでもニュアンスが伝わるだろうか。

とても大きな会場で——何だかんだでここは魔族の有名な学院なので——こういう国家設備をイベントで借りられたりするのは凄《すご》いと思う。

で、観客席を除いた平地部分の真ん中には闘技台があってまさにそのまんまコロシアムって感じだね。

と、まあそんな感じで十秒ほど前に「試合開始！」の合図と共に今、僕たちは五人対五人で向かい合ってる訳なんだけど――。

「う、う、浮いてる――っ！　何なんだよあの覆面！　あれってレベル５の飛翔《ひしょう》だろっ⁉」

うん、浮いてるんだ。

このアゲハ蝶《ちょう》仮面の学生服コスプレ女は……浮いちゃってるんだよね。マーリンは戦闘に参加しちゃいけないので、開始早々舞台上から離脱したんだけど……もう、ツッコミを入れるのもしんどいほどに――目立ちまくっている。

いや、どうして普通にレベル５を使うのかなこの子は。僕は一応、マーリン学長の肝入りの謎の少年っていう前提があったからやった訳なんだよ？

覆面でレベル５とか、どう考えてもツッコミどころ満載じゃないか。で、対戦相手の五人は先ほどから口々に顔面を蒼白《そうはく》にして何やら喚《わめ》き散らしているんだけど――

「やっぱこいつら変だって！　あの黒髪も予選でレベル５使ってたし！」

「そもそもあの黒髪のエフタルとかいう人間に、学長が敬語使ってんだぜ⁉　絶対こいつらなんかあるって！　メンバーに子供もいるし、こんなの絶対おかしいって！」

と、そこでマーリンはドヤ顔でこう言ったんだ。

「安心しろ諸君！　私のこれはレベル５ではなく……レベル４の幻影《イリュージョン》だ！　ちなみに私は一切手を出さん！」

またそれか……。と、僕はゲンナリしながらその場で脱力する。

が、しかし、その言葉を聞いた五人は見る見る内に生気を取り戻していったんだよね。

「おい、イリュージョンだってよ」

「レベル4か……。と、なると黒髪が使ったレベル5も実はイリュージョンの可能性があるな」

「ひょっとしなくてもレベル4がこいつらの限界じゃね？　だったらイケんじゃね？　可能性ゼロじゃなくね？」

「一応、俺らクラスの看板背負ってるしな。不戦敗だったら……クラスの連中に後でどんなことを言われるか分からん」

「ああ、匿名希望は手を出さないと言っているし、一人は子供だし、そう考えると……実質的に相手は三人だな」

そうして五人は僕たちを見て、ゴクリと息を呑《の》んだ。

「……五対三か……イケるぞ」

な、何て……分かりやすい奴《やつ》らなんだ。

数の有利を確信したらしく、先ほどまで怯《おび》えていた表情が強気のソレへと変わっていく。

しかも、ギャラリーについても……見る限り、どうにもみんなマーリンのイリュージョンとの言葉を信じているようだ。

　で、恐る恐る審判の教職員を見てみると……「幻影《イリュージョン》か……」と、何故《なぜ》だか納得している。

　と、そこで流石《さすが》にこれはおかしいと僕は気づいた。

　――レベル８：煽動洗脳《ロングレンジマインドジャック》。

　うん、精神汚染の一種……っていうか混乱魔法だね。

　こんなくだらないことに使われては高位魔法も泣いてしまうだろう。

　で、ともかく相手は俄然《がぜん》やる気になったようなんだよね。

「とりあえず……子供を苛《いじ》めるのは絵面的に良くない。ここはそれ以外で一番弱そうな、ほわほわ系のあの女を集中して狙うんだ！」

　どうやらアナスタシアを標的に定めたようだね。

「連中はレベル４を使ってくるぞ気をつけろ！」

「そのための四人がかりでの――レベル４魔法障壁だ！」

「近接学内最強の俺が切り込んであのピンク髪の女を一撃で戦闘不能に追い込むっ！」

　なるほど、作戦としては悪くない。

　巨漢が走った先のアナスタシアだけが、確かにちょっと相手方に突出したところに立っている感じになっている。

　僕とマリアがアナスタシアを助けるためには、遠距離攻撃魔法を放つ必要があるだろう。

そこで、彼らは四人がかりで協力して術式を組んで、大男を守るためにレベル4級の防壁を完成させたんだ。

彼らの思惑通りに進めば、アナスタシアを瞬殺して残りは僕とマリアだけ。

と、なると魔術師としての力量差があるにしろ、数の暴力でどうにかできる……と、言ったところか。

そうして、坊主頭の巨漢が模擬剣を大上段に構えてこちらに来たところで――

「待ってください！　そんなことをしなくても一対一の近接戦――武人としての勝負なら受けて立つんです！」

と、アナスタシアは大声で巨漢に呼びかけた。

「何？　一対一だと!?」

巨漢の動きが止まった。

まあ、向こうからしたら一対一の近接戦は願ったり叶《かな》ったりだろうから、寝耳に水の僥倖《ぎょうこう》だろう。

「一対一の勝負は受けます。ですので、まずは挨拶からと思うんです。私も剣士の端くれなんです。これは武人と武人の果し合い――礼に始まり礼に終わるという言葉を聞いたことはありませんですか？」

しばし何かを考えて、巨漢は小さく頷《うなず》いた。

「俺は三年次のアントニー……アントニー＝エイムズだ」

「私は一年次のアナスタシア……アナスタシア——」

と、五メートルほど離れた距離で、二人は頭を下げて互いに礼をしようとして、男が完全に頭を下げたところでアナスタシアは大きく身を捻《ひね》って——


——ナイフを投げた。


まあ、本物じゃなくて模擬だけどね。

それでも電撃魔法が付与されているので、当たればタダでは済まない。で、肩にナイフが刺さり、電気ショックを受けた巨漢は「ぐぬぬ」と片膝をついた。

「汚ねえぞっ！」

うん、おっしゃる通り。だって僕ですらも苦笑いしちゃってるからね。

「ま、私よりももっと汚い人がいるんですけどね」

と、その時、舞台上に無数の薔薇《ばら》の茎が出現した。

「足、足、足があああああっ！」

「な、な、何じゃこりゃあああっ！」

五人の足にまとわりつくのは薔薇呪縛《ローズ・バインド》。

ま、エルフが好んで使う魔道具だ。ちなみに決勝戦では魔法をサポートするという名目であれば、自作の魔道具の持ち込みは認められているんだ。

これは錬金術専攻の子たちへの救済措置の特例だったんだけど、結局、錬金術師系統は誰も参加しなかったので今まで誰も使用していない特例となっている。そこに、アナスタシアが目を付けた形だね。

ルールブックをアナスタシアが読んでいて「あっ！」と声をあげた時のことを僕は良く覚えている。

確か普段のほわほわ系の表情が一瞬飛んで、悪い顔になってたんだよね。けど……悪い顔になっていたことは、僕の勘違いだと思いたい。

と、それはさておき、マリアのあの魔道具は術者の力量によって強度が変わる。合宿でメキメキ力をつけた彼女の束縛であれば……全員すぐには抜け出せないだろう。

「――さあ、動けなくした後はタコ殴りタイムの始まりよ！」

魔法付与で攻撃力の底上げされた矢が雨あられと五人に降り注いでいく。そして始まる阿鼻叫喚《あびきょうかん》。

「ぎゃあああああ――――！」

「や、や、やっぱりダメだーっ！」

「何だよあのエルフっ！　この呪縛力どうなってんだよっ！　ってか、模擬矢だろコレっ⁉　どんな付与性能でやればこんな威力になるんだよっ！」

「だから言ったじゃねえか！　こいつら絶対おかしいってっ！」

で、五人が恐慌状態になったところで、アナスタシアとマリアはアイコンタクトをして頷きあった。

「いくわよアナスタシア！」

「はい！　マリアさん！」

二人は駆け寄り、それぞれがそれぞれに右手を伸ばした。

っていうかこの二人、本当に喧嘩《けんか》上手いね。どうにも、最初からそれが狙いだったらしい。

「せーのっ！」

で、掌《てのひら》が合わさったところで二人はキッと五人を睨《にら》みつけて――

「レベル５：大爆発《エクスプロージョン》！」

ちゅどーんっとばかりに、文字通りに大爆発。

動けなくしてタコ殴りで総崩れからの、協力儀式魔法による大火力でのトドメ。

うん、まあ首尾は上々と言えるだろうね。

「せめて子供だけでも……っ！　一人だけでも倒さないと、クラスのみんなに白い目で見られちまうっ！」

巨漢の学内近接最強という言葉は伊達《だて》ではなかったらしい。

爆心地から一番離れていてダメージが最も少なかったとはいえ、無理やりに薔薇呪縛《ローズ・バインド》からも脱したらしく——剣を振り上げて僕の隣のシェリルに向かってきた。

けれど、僕は動かない。まあ、怪我《けが》しそうだったらギリギリのタイミングで助けるけどさ。で、巨漢の間合いにシェリルが入った瞬間——

「レベル３：大竜巻《ヒュージトルネード》」

「なっ！　なあああああああああああっ！」

発生した竜巻によって巨漢は十メートルほど打ち上げられて——そして落ちてきた。

「グビっ！」

変な声を出すと同時に気絶してピクピク痙攣《けいれん》してるけど……。

身体能力強化してるみたいだし、これ位ならちょっとした怪我程度で済みそうなので特に心配はないだろう。

むしろ、問題なのはシェリルだ。

と、言うのも命の危険に直結する魔力枯渇の状況のはずが——どうしてシェリルはレベル３を放つことができるのだろうかという疑問が生じる訳だから。

翌日の土曜日。

魔法学院は休みの昼下がり、僕とシェリルは街を歩いていた。

「……ついてこないで欲しいと何度もお願いしているのに」

困った顔のシェリルに、僕は肩をすくめてこう言った。

「ま、気になるからね」

「……どうして気になるの？」

「乗りかかった船だからだよ」

しばし何かを考えて、シェリルは押し黙って歩き始めた。

「……なら好きにすれば良い」

僕たちは街の中心部の大通りから裏通りに入る。

そうして路地を奥へ奥へと進んでいき、どんどん周囲の光景は寂れたもの……いや、薄気味悪いものへとなっていく。

狭い通りにはゴミが散乱し、そこらにホームレスが雑魚寝の状況。アンモニアの臭いが時折鼻先を掠《かす》めて、気分も悪いし衛生状況も悪い。

昼間から酒盛りをしている連中もいるし、ここで小綺麗《こぎれい》な恰好《かっこう》の若者は麻薬の売り子《プッシャー》と相場が決まっている。

——まあ、僕たちはいわゆるスラム街に足を踏み入れた訳だね。

「シェリル、どこに向かっているんだい？」

「……裏ギルドへの一年に一回の用事で、私には魔力結晶が必要。正規ルートにあっては私では手に入れることができないので」

ま、大体の想像通りだ。

理論上、魔力枯渇で死んでしまうような状態のはずの彼女が、普通に魔法を行使しているとなれば……外付けの燃料タンクが必要なはず。

ちなみに魔力結晶は、魔物が多い地域の拠点防衛に使われたりする。

安全地帯のシェルター構築の為《ため》に、常時儀式魔法がかけられているような状態を維持したりするために使われる訳だね。

それで、魔力結晶っていうのは、稀《まれ》に高位の魔物から獲《と》れることのある……魔石から精製される物質なんだ。

ただし、基本的には出力自体は強いものではない。

うーん、何ていったら良いのかな……持久力が滅茶苦茶《めちゃくちゃ》高い乾電池のようなものを想像してもらえれば、大体それで合ってる。

出力の大きさは魔石の大小に比例するので、儀式魔法を維持するようなものだと国が傾くような値段になることもある。

まあ、魔道具なんかにも使われたりして、基本的に高価なものだ。なので、小さいものでもかなりの値段になるんだよね。

それに、売買は国家連合によって厳重に管理されているし、シェリルの言うようにまともなルートでは手に入る余地はない。

「僕はオルコット公爵家に残っている研究記録から、精霊……君の魔力枯渇については大体知ってるけどさ。裏ギルドとの取引って……そんなこと僕に言ってもいいの？」

「……隠すことでもないし、この取引については非合法ではないから……少なくとも買う方については。それと……エフタルは良い人だと信用しているので」

ま、売る方は仕入れの段階で御法《ごほう》に触れているだろうけどね。現実的に、盗難か横領の横流し位しかルートはないはずだし。

そんなことを考えていると、シェリルは「はー……」とため息をついた。

「……それにしてもロクでもない場所」

シェリルは僕の袖をギュっと掴《つか》んできた。と、そこで僕はシェリルが震えていることに気がついた。

「怖いの？」

「……ん。ゴロツキがたくさんいる。だから……今は怖い。昔は……こうではなかったのに」

「今はってどういうこと？」

「……去年も一昨年《おととし》も昔は怖くなかった、もっと高位の魔法が使えたから。年々扱える魔法が弱くなり、今はレベル３が限界。魔力結晶も万能ではない」

「しかし魔力結晶……か。高いんじゃないの？」

「……兄さんが毎年仕送りしてくれているから大丈夫。今年はかなり危なかったので最終手段に打って出たが」

ああ、なるほどね。だからフリーマーケットで下着を売っていたのか。

「兄さんって君のお兄さん？　その人も魔力結晶が必要なら、兄妹《きょうだい》でやっぱりとんでもないお金になるんじゃ……？」

「……ん。義理だから大丈夫」

「義理？」

「……私は金で魔術家系の公爵家に買われている。公爵家のハクをつけるために」

「ちょっとそこの話は詳しく教えてもらいたいな」

シェリルはコクリと小さく頷《うなず》いた。

「……私の最初の記憶は、実の両親の借金のカタに奴隷市場の一室で……公爵による奴隷紋を刻まれるところから始まっている。初代氷神皇が死んでから一族はうまくいかないことばかり」

そうしてシェリルは説明をしてくれたんだけど、要約するとこういうことになる。

まず、前提としてアイザックは生前、炎神皇に殺される直前まで「あの方法」で子供の命を不自由なく繋《つな》いでいたんだ。

けど、アイザックがいなくなってしまえば、あの方法は成立しない。

だから、そこから先が酷《ひど》いことになった。と、いうのも、アイザックの子供も父が死んでから、今のシェリルと同じく魔力結晶で延命していたんだそうだ。

けど、出力の高い結晶を得られなかったため、命をつなぐのが精一杯で……少なくとも、魔術師としてはその時点で終わってしまった。

そうして、アイザックの所属していた国の宮廷内で、家としての立場が危うくなって没落が始まった。

最初は土地家屋の売却から始まり、代が進むにつれてどんどん致命的なものが売りに出され、最後には爵位と領地まで売り払われたって話……だ。

——精霊族の血を入れるとは、つまりはそういうことだ。

超人的な魔法適性を得ることができるけれど、燃費が悪すぎて、やがては命すらも燃え尽きる。これがシェリルが天才だった理由であり、成長が止まった理由でもある。

そしてアイザックの家系は精霊の血が、普通の魔術師として生きていくに問題のないレベルで薄れていくまで、数世代かかってしまった。

結果としてその間、家として冷や飯を食わされ続けて、リカバリー不能な状況となり、今に至るということだね。

「……話はここで終わり。目的地に到着した」

スラム街の一角にある寂れた建物、どうやらここがシェリルの目的地らしい。

日本でいうと雑居ビルのような施設で、入り口からは上と地下への二つの階段。僕たちは階段を上っていった。

三階建ての建物の二階、廊下の突き当りでシェリルはドアを三回、間を置いて二回叩《たた》いた。

そして、向こうから一回ノックがあって、こちらから一回返す。

まあ、この辺りは非合法な取引をしているからという用心だろうね。

と、そんなことを考えているとすぐに鍵を外す音が聞こえて、ギイとドアが開いた。

☆★☆★☆★

「……今まではそのサイズは金貨二十枚だったはず」

「屍《し》霊《れい》術《じゅつ》師《し》界隈《かいわい》からオーダーが入ってな。儀式魔法に使用するんだとよ。相場が上がってんだわ」

狭い部屋。テーブルを挟んでの対面に座り、取り合わないという感じの小太りの男に、シェリルはプクリと頬《ほお》を膨らませた。

まあ、裏ギルドっていうのがどんな商売をやっているかというと、要は口利きだ。

この場合は、発注を受けて、品物を渡すってことだね。

基本的に非合法なブツを取引するので、受け渡しの日以外はモノ自体はここにはないと相場が決まっている。

そしてギルド自体もただの小さな事務所で、冒険者ギルドのように冒険者……いや、この場合は荒事専門の暗殺者なり用心棒なり、あるいはゴロツキが溜《た》まっている訳でもない。

必要な時に必要なモノを揃《そろ》えて、需要と供給を満たして即時に決済を済ませる。

この辺りもお上の摘発なんかを恐れてのことだろう。無論、証拠となりうる帳簿関係もここにはないはずだ。

そこは何かあった時には被害は最小限に……という知恵だろうね。

「……私には魔力結晶が必要。それがなければ私は生きていけない」

「悪いな嬢ちゃん。俺らは金を出す方を優先しなくちゃいけないんだ」

「……しかし、発注は私が先のはず」

「ここは表じゃねえからな。実利だけで動くシビアな世界では良くあることだ。ま、諦めな」

シェリルは蒼白《そうはく》な表情になった。まあ、魔力供給が絶たれれば文字通りの生き死にの問題なので、さもありなんという感じだろう。

と、そこで入り口のドアが叩かれる音が聞こえてきた。聞こえてきたのはノックを三回、間を置いて二回。

そこで対面の小太りの男が立ち上がり、ドアへと向かう。で、一回ノックを返して、向こうから一回返してきた。

そうして鍵を開いて入ってきたのは黒ローブの男だった。小太りの男はその姿を確認して、小さく頷いた。

「魔力結晶だな。オーダー通りのものが入っているぜ」

そこでシェリルが懇願するように小太りの男に言った。

「……待ってほしい。お金なら用意する。時間を貰《もら》えれば……必ず」

と、黒ローブの男が僕とシェリルに視線を落として小首を傾《かし》げた。

「ん？　何だこのガキ共は」

「ああ、今回は二人から依頼があってね。この嬢ちゃんは金貨二十枚、旦那は四十枚でのオーダーだ」

「そういうことか。急な発注だったから……キャンセル連絡が間に合わなかったって感じか？　ま、良くあることだ、諦めなお嬢ちゃん」

そこでシェリルは黒ローブの男を睨《にら》みつけた。

「……納得できない。この男はどうせロクでもないことに使うに決まっている」

黒ローブの男は何か思うところがあったのか、シェリルのフードをマジマジと確認して「あっ」と息を呑《の》んだ。

「猫耳フード……ああ、思い出した。お前……ブラッドの妹か？　ウチの……マルクスファミリーに出入りしていた」

シェリルが小さく頷き、黒ローブの男は言った。

「なるほど、なるほど……そりゃあ魔力結晶が必要だわな」

「……事情を知っているなら譲ってほしい。兄さんの仲間であれば……尚更《なおさら》のこと」

言葉を受けて、黒ローブの男は下卑た笑みを浮かべた。

「あいにく、お前の兄ちゃんはもうウチから抜けてんだ」

「……どういうこと？」

「あいつには魔法学院の身分証があるからな、色々と重宝したぜ。金が必要ってことで、危ない橋でも進んでわたるしな。まあ、肝の据わったガキだったよ」

「……だから、どういうことだと聞いている。兄さんとは私もあまり連絡が取れない。近況はあまり知らない」

「アレは最近頭がぶっ飛んじまってな。今は何やってるか知らねえが……ま、ロクな噂《うわさ》は聞かねえ」

「……ともかく譲ってほしい。金貨二十枚なら払える」

「なあ、お前さ？　さっき、俺がどうせロクでもないことに使うって言ってたよな？　まあ、実際にロクでもないことに使うんだろうさ、なんせ俺が流す相手は屍霊術師だからな」

「……なら、譲ってほしい」

と、そこで黒ローブの男はピシャリと言い放った。

「ダメだ。なんせこの魔力結晶は金貨百枚で売れるんだからな。つまり、右から左で金貨六十枚って訳な？　足し算と引き算は分かるか？　まあ、そういうことだ。それで……だ、クソガキ。どうしてお前は偉そうな口をきけるんだ？」

「……？」

「汚い金で命をつないでるのはお前も一緒だろうが？　お前は俺らの手伝いをして金を稼いでいたドブネズミの妹じゃねえのか？」

「……私のことは良い。だが、兄さんの悪口を言うな」

「ハッキリ言ってやるよ。そうやって生きてるお前も汚いボロ雑巾のゴミクズなんだよ、汚い金で生きてるのに自分だけは綺麗《きれい》ですって言いたいのかお前は？　俺はそういうやつが一番ムカつくんだよ。これだからクソガキは……」

「……」

「ってことで、身をわきまえな。小便臭いガキが」

　そうして黒ローブの男は懐から袋を取り出した。

「ほらよ、金貨四十枚だ」

　小太りの男が何とも言えない表情を作って黒ローブの男に尋ねる。

「金貨百枚……倍額以上で右から左に流すのか？　そりゃあちょっとひでえぞ？」

「まあ、大量発注のオーダーだからな。こっちもギリギリで……数をきっちり集めないと契約違反でドえらい損失が出る。ま、俺らと同じことやろうとしても、一個仕入れるだけでギリギリのお前んとこでは無理だろ？」

「そりゃあそうだが……ま、仕方ないか。金貨四十枚でも相場の倍の値段だしな。しかし、その屍霊術師もすげえな。完全に相場を無視してやがる……何が何でも数を揃えたいってところかな」

「ああ、ともかく今後とも長い付き合いを頼むぜ」

　黒ローブの男は僕たちの対面のテーブルに着き、隣に座った小太りの男は渡された袋の口を開く。

　そうして、小太りの男は数を数え始め、テーブルに金貨十枚のタワーを四つ作った。

「確かに金貨四十枚だな」

大きく頷き、黒ローブの男はシェリルに再度の下卑た笑みを向けた。

「悔しかったらこの量以上の金貨のタワーを積み上げてみろ。まあ、テメエの兄ちゃんの稼ぎじゃ無理だろうがな」

「ぐっ……」

今にも泣きそうになっているシェリルを横目に、僕は鞄《かばん》の中から大袋を取り出した。

「なら、この子に代わって僕が金貨を積むよ。金貨のタワーを五つ……ね」

袋の口を開いて、テーブルの上に金貨をぶちまける。

念のために二百枚持ってきて良かったな、と心底思う。まあ、ちょっと袋が大きくなってアレだったけど。

「な……っ！」

「ん？　何か問題でも？　お金を出す方に売るっていうのが裏ギルドの作法と今さっき聞きましたが？」

と、黒ローブの男は顔面を蒼白にして声を荒げた。

「おい、待て！　これはとんでもなくヤベエ筋に流さねえといけねーもんだよ！　キッチリ仕入れてきねえと俺は……ボスに半殺しにされちまう！」

いや、知らんがな。それ以外の言葉が出てこない状況だよね、この場合。

「で、どうなの？」

と、小太りの男に尋ねてみる。

「いや、しかし……旦那は常連だしな……」

その言葉で黒ローブの男の顔に血色が戻った。

「そうだ！　俺は常連だ！　お前らみたいな年一回とは違うんだよっ！」

あー、もう面倒くさい連中だな。と、僕は肩をすくめた。

「なら、金貨百枚で良いよ。で、どうなの？　貴方《あなた》も……倍額以上で右から左に流されたら面白くないでしょうに？」

ま、お金なら屋敷の倉庫にいくらでもあるからね。

僕の弟子……マーリン達は魔術発展の為《ため》に使ってくれと残した……前世の僕の資産の半分には、一切手を付けてなかったし。

ぶっちゃけ、金には困ってない。で、小太りの男は考えに考えに考えて——ニコリと笑った。

「売った！」

と、その言葉を受けて、僕もニコリと笑ってこう返した。

「買った！」

そうして黒ローブの男は「ぐ、ぐ、ぐ……ぐうううっ！」とその場で悲痛な叫びをあげていたのだった。

　で、帰り道。

　魔力結晶を受け取ってから、外に出るまで無言だったシェリルが僕にこう尋ねてきた。

「……どうしてエフタルは……私にそこまでしてくれる？　金貨百枚と言えば……とても大金」

「僕の家はオルコット公爵家だ。君の家の先祖には僕のご先祖が世話になったからね……家訓があるんだ」

　世話になったのは本当。でも、家訓は嘘《うそ》だ。そんなものありはしない。

「……家訓？」

「四皇は死線を歩んだ同胞《はらから》。共に助け合い、その絆《きずな》は永遠である……子孫代々にわたるまで共にあらんことを……と、そんな家訓だ」

　まあ、実際に魔王城に殴り込みかける前、そんな誓いもしたけどね。何だかんだで喧嘩《けんか》ばっかりだったけど、みんな仲良かったし。

「……四皇……雷神皇エフタル。彼は曲がったことが大嫌いな、義理人情の人だったと聞いている」

お、良い教育を子供にしてたみたいだねアイザック。と、僕はうんうんと頷《うなず》いた。

「……ただ、怒ると暴力的で、なおかつ無茶《むちゃ》苦茶な性格で手が付けられなかったらしいが」

それは余計だよアイザック……と、僕はコケそうになった。

まあ、事実なんだけどさ。スイッチ入っちゃうとどうしても……ね。

「……エフタル？　それじゃあ最初のサンドイッチも？　私が氷神皇の家系と知ってのこと？」

「あれは単純に僕個人のお節介。その時は君の素性を知らなかったしね」

と、その言葉を聞いてシェリルは両手を広げた。そうして僕に思いっきりに抱き着いてきて――

「ぎゅー……。やっぱりエフタルは良い人」

ところで――と、僕は問いかける。

「君の兄さんについて教えて貰《もら》っても良いかな？　さっきの話だと魔法学院に通っているんだよね？」

まあ、あんな話を聞いた後だと当然ながら気になる訳で、ここで聞いておかない訳にはいかないだろう。

「……私を延命させるためにお金が必要だった。その手段はさっきの話の通りになる。兄さんとは二年前からほとんど会っていない。汚れてしまった自分では、私を汚してしまいそうで……会いたくないと一方的に言われてしまった。たまに手紙で事務的に連絡はするけど……それだけ」

うーん。正義感が強いというか、気にしすぎというかそういうところなんだろうね。モラルに縛られすぎてそうなってしまったんだろうけど、そんな人間が裏の仕事でお金を稼いでいると考えると……何とも言えない気持ちになるね。

「……そういえば、今回の祭りで兄さんを見かけたので驚いている」

「まあ、魔法学院に通っているって話なんだろ？　そりゃあ普通にいてもおかしくないんじゃ？」

と、そこでシェリルは首をフルフルと左右に振った。

「……どういう訳かクラス代表に選ばれている。兄さんは凄《すご》い努力家なのに……魔法の才能がないので、魔法学院での成績は下から数えたほうが早かった。だから、驚いている」

「いや、それは凄い努力をしたんじゃないの？」

「……既に限界近い努力はしていたはず。あそこからクラス代表まで駆け上がるなんてありえない」

そのままシェリルは遠い目で空を見上げた。

「……とても心配。恐らくは私のために何かをしようとしているのだと思う。今後も私を養うにしても、やはりお金は必要だから。祭りで優勝すれば将来の道は約束されたも同然」

「心配って、そりゃまたどうして？」

「……人間には様々な強化方法がある……無茶なドーピングで体を壊していないか心配。あの人は目的のためなら手段を選ばない人だから」

ドーピング……か。そりゃあまあ、色々とやり方はあるんだけど、大体の場合はデメリットが大きすぎて普通の人間は使わない。

具体的には、寿命が短くなったり脳や臓器に負担がかかったり、ロクなことにはならない。

「……私の為に汚れて、傷ついていく兄さんを見る……それがとても悲しいし心配」

と、そこで僕は「はー……」っとため息をついた。

「本当にくだらない人種だね」

「……くだらない？　私と兄さんの話が？」

「いや、後ろの彼のことさ」

振り向くと、そこには先ほどの黒ローブの男がナイフをチラつかせてこちらに向かって来ていたんだ。

「おい、小僧。大人しく魔力結晶を渡せ」

「理由は？」

「さっき言っただろ？　それを持ち帰らんと俺が不味《まず》いことになる」

再度の、深いため息。

「そもそもこんなスラム街をガキ共だけで出歩いているテメエ等《ら》が悪い。何があったとしても文句は言えねえぞ？」

「確かに何があっても文句言えないだろう……貴方がね」

僕はシェリルを抱きかかえる。そのまま、身体能力強化を発動させて、足に力を込めて跳躍した。

「……え？」

すれ違いざまに、裏拳一発。

「あぎゅっ!?」

ドゴションっと冗談みたいな音が鳴って、頬骨《ほおぼね》を砕く感触が手に伝わる。

そうして、男は十メートルほど吹き飛んでいき、そのままゴロゴロと地面を転がって、やがて停止した。

最後にシェリルを足から優しく地面におろして、一件落着ってことだね。

「さあ、帰ろうか」

で、シェリルは目をパチクリさせ、驚いた風にこう言った。

「……エフタル……そんなに強かったの？」

ああ、そういえばシェリルは僕が戦うの見たことなかったね。

そうして僕はクスリと笑ってこう答えたのだった。

「まあ、雷神皇の子孫だからね」

「……エフタル？」

「何だいシェリル？」

「……マリアが言ってた言葉がある。それが……何となく分かる……居場所ができたと。温かくて騒がしくて……楽しくて安心できる場所だと。私にとってのそれはここだと思う」

言い終えると同時、シェリルは両手を広げて僕の胸の中に飛び込んできた。

「……ぎゅー」

そうして僕は苦笑して、シェリルの頭を撫《な》でてやったのだった。

さて、今日は準決勝の二日目だ。

決勝での相手の情報が分かるので、敵情視察とばかりに僕たちは選手控室で見学をしていたんだけど——

「あらあらこれはマリアさん？　最下級生のド貧乳がこんなところで何をしているのかしら？」

「あらあらアイリーンさん？　貴女《あなた》の言うように力を示したのにまだそんな口の利き方をなさるので？　これだから胸にだけ栄養がいっているホルスタインは——ってか、うっとうしいから絡んでくるんじゃないわよ」

バチバチと二人の間で火花が散っているような感じだね。

まあ、試合に向かう前にアイリーンさん達が絡んできたっていうのがことの発端だ。

「ふふ、しかしマリアさん？」

「何よ、まだ何か文句あんの？」

と、そこでアイリーンさんは普段のキツい感じから表情を一転させて、優しい微笑を浮かべた。

「毎日毎日勝負だ勝負だと絡まれた日々を思い出せば……色々と思うところはあるのですけれど——」

あ、君もマリアにやられていたんだねアイリーンさん。

その言葉で何だか急に親近感が湧いてきたよと、思わず僕は笑ってしまった。

「今なら認めてあげても良くってよ。貴女の実力を」

「ちょっ……急にどうしたのよ気持ち悪いわね」

「言ったでしょうに？　生徒会は実力がある者は認めるってね」

と、そこで生徒会長が僕に右掌《みぎて》を差し出してきた。

「エフタル君……だったね？　君のレベル５は素晴らしかったよ。あと、匿名希望さんのイリュージョンもね」

どうやら握手しろ……ということらしい。

まあ、握手を求められたのに断るのも変だよね。ここは応じておこうか。

「つまり、決勝は僕たちと君たちで……ということだ。正々堂々と全力をもって臨むことを約束させてもらうよ。ねえ、副会長？」

「ええ、そうですね会長。ああ、そうそうマリアさん？　実は書記の人手が足りなくてね。貴女が私に勝負を求めてきたのは生徒会に入りたかったから……でしょう？」

「ま、まあ……あの時はそうだったけどさ」

「祭りが終われば生徒会室を訪ねていらっしゃい——歓迎するわ。勿論《もちろん》、他の皆さんもね」

「何よ、本当に急にどうしたのよ気持ち悪いわね……いや、違うか、そうじゃない……うん、そうじゃないよね」

と、そこで今まで不機嫌な表情だったマリアは、諦めたように肩をすくめた。

「認めてくれてありがとう。本当にそこは嬉《うれ》しい。でも、私は……生徒会には入らないから」

驚いたという風にアイリーンさんは目を見開いた。

「それはどうして？　あれだけしつこかったというのに……」

「できたから……かな」

「できた？」

マリアは僕に視線を移して、少しだけ頬を染める。

「悪いけど、私にはもう――居場所ができたから」

そうしてアイリーンさんは少し残念そうに息をついた。

続けざま、アイリーンさんと生徒会長は顔を見合わせて苦笑する。

「どうやら振られてしまったようです……会長」

「はは、まあ、自由意志は尊重するものだよ」

そして生徒会長は微笑を浮かべ、舞台上へ向けて歩を進め始めた。

「それじゃあ次は決勝で会おうか。一年次の諸君」

「マリアさん、貴女たちの方が平均して魔法技能は高いことは認めるわ。ただし――実戦ではどうかしらね？」

と、そんなこんなで――生徒会の面々は舞台に上がっていったのだった。

☆★☆★☆★

眼前では一方的なリンチが広がっていた。

「ギ、ギ、ギブア、ギブアッ、ウギュっ！」

既に血だるまになり、地面に突っ伏している生徒会長の顎にサッカーボールキックが炸《さく》裂《れつ》した。

何が起きたかというと……まず、開幕早々に三年次クラス生徒四人によるレベル６の儀式魔法行使が行われた。

一撃で生徒会の面々は戦闘不能に陥り、そこで試合終了かと思われたんだけど……そうはならなかった。

何もできないままにやられたとなっては生徒会の名折れということで、生徒会長が白旗を上げなかったんだよね。

それが不味《まず》かった。

倒れる面々に対して殴る蹴るの暴行が一方的に行われ……いや、意識を刈り取る攻撃が行われた。

そして、気絶し、ギブアップすらできない状況に追い込まれた一同に対し、更に苛烈な攻撃が行われているのが現状となる。

先ほど、一瞬だけ意識を取り戻した生徒会長もギブアップの宣言前に攻撃を受け、再度気絶させられたらしい。

「今……明らかアゴ狙ってたよねエフタル？」

「ああ、意識を意図的に刈り取った。いや……ギブアップをさせなかったんだ」

ドン、グシャっ、ズドッ……鈍い打撃音が鳴り響き、血飛沫《ちしぶき》が飛ぶ。

「はは、ははは……」

「ははは！」

「何だよ生徒会って……めっちゃ弱いじゃん。こんなのが偉そうにしてた訳？」

「はははははっ！」

ドゴっ！

うつ伏せのアイリーンさんの腹に蹴りが入った。女だからって容赦なし……か。これは酷《ひど》い。

「ご主人様……あの人たち……楽しんでいるんですか？」

「いや、あれは違う……楽しんでるんじゃない」

その昔、この人たちと似たような状況に陥った連中を相手にしたことがある。

　あの時は、とても後味が悪かったことを今でも覚えている。確かアレは……冒険者ギルドの依頼で、悪魔崇拝関係のどこかの宗教組織を潰した時の話だ。

　連中はありとあらゆる邪法を使い、信徒に劇薬を投与し、あるいは脳を魔法で弄繰《いじく》り回し……まあ、とにかく酷い戦場だった。

「アレは自分でもワケが分からなくなってるんだよ。元々、生徒会の人たちに劣等感を抱いていたのが過剰に爆発しているんだ……多分ね」

　と、そこで舞台上の茶髪に向けてシェリルが大声で呼びかけた。

「……ブラッド兄さん。もう……やめてほしい！　何故《なぜ》……？　それに何の意味がある？」

「兄さんだって？」

どうにも、あそこにいる茶髪——ブラッドはシェリルの関係者ということらしい。

何故に彼らが邪法強化を自身に施しているかは分からないけど、シェリルの兄は魔力結晶を用意する為《ため》に裏社会の門を叩《たた》いたほどの男だ。

　結果を求めるためには手段を選ぶような男でないだろう。

　ともかく、このままでは死人が出る。と、そこで着替えを終えたマーリンがようやくこちらに戻ってきた。

「エフタル様？　もう頃合いでしょうか？」

「ああ、すぐにやめさせるんだ。そろそろ……命に係《かか》わる」

と、そうしてマーリンは飛翔《ひしょう》魔法で飛び上がり、舞台上の人となった。

「やりすぎだ悪ガキ共――レベル7：多重縛鎖《タルタロス》」

マーリンの周囲に無数の鎖が発生し、学生たちを次々と捕縛していく。

しかし、その内の二人はその場から飛び上がり、鎖から逃れた。

無数の鎖は意思を持った蛇のように二人をあらゆる角度、そしてあらゆる方向から執拗《しつよう》に追いかけ回していく。

が、どうにもあの二人は他の学生とはレベルが違うらしく捕縛まではいかないようだ。

「俺ら儀式魔法ならレベル6まで使えるんっすよ学長？　魔力を分散させての……雑な網じゃ難しいんじゃないっすか？」

「このっ！」

鎖の内の一本を手でつかみ、マーリンが魔力を込めると猛速度の鎖が男にまとわりついた。

「ぐっ！」

どうにも、一人を捕まえることができたが、残りの一人が……良くないね。

マーリンも気づいていたと思うけど……最初からブラッドだけは明らかに纏《まと》っている魔力の質が明らかに違った。

そうして残る全ての鎖がシェリルの兄であるブラッドの方に向かっていったんだけど

――

「レベル７：氷壁隔離《アイス・プリズン》」

その鎖は全て氷の魔法防御で弾《はじ》かれてしまった。

「……レベル７？　ブラッド兄さんが……？」

絶句したシェリルはその場で固まってしまっている。

反応を見るに、これが初見と言うことは間違いなさそうだね。そして――


――シィ――ン。


シェリルだけでなく、会場内全体も同時に固まり、静寂に包まれていた。

まあ、こうなるのも無理はない。

なにしろ、レベル７と言えば僕の時代でも普通に高位魔法なのだから。

そうして少しだけ間をおいて、観客席から声がチラホラ漏れ始めた。

「イリュージョン……だよな？」

「……多分」

「まあ……そうだよ……な？」

「いくらなんでも……な」

うん、事実であろうとなかろうと、そういう風に解釈する方が精神衛生上良いだろうね。

しかし……と僕は小首を傾《かし》げる。マーリンも同じことを思ったようで、不思議そうな顔をしているね。

魔力も術式もなしに魔法を突然発動させた……ように見えた。

特定の流派では相手の対応を遅らせるために隠蔽の術を扱うこともあるし、その類だろうか？

そうだとすれば相当に戦いづらい相手であることは間違いない。

まあ、今、マーリンのやっている通り、瞳に魔力を集中させて隠蔽された魔力と術式を「視《み》る」ことで対策は可能となる。

教科書通りの対応でそれで良いんだけど、僕は言いようのない違和感と嫌な予感を感じたんだ。

と、舞台上のブラッドはマーリンにこう問いかけた。

「ねえ、学長？　私たちはルールに則《のっと》って試合をしていただけですよ？　急に捕縛とはおかしいでしょう？」

「やりすぎだ、馬鹿共が。それにだな……失われし邪法による強化を使ったな？　まあ、貴様だけは他の連中と毛色が違うようだが……な」

「流石《さすが》に博識ですね。が、邪法も別に法的に禁忌という訳ではない。誰にも禁止されていませんよね？」

「失われた方法だから禁止になっていないだけだ。それに、寿命と引き換え……刹那限りの超人だということは分かっているのか？」

「それも含めて、自由意志と解しておりますが？」

「ともかく、やりすぎだ」

「越権行為だと言っているのですよ。試合を止める権限は貴方《あなた》にはないはずだ……違いますか？」

　ブラッドはニヤリと笑い、マーリンはフンと鼻を鳴らした。

「なるほど、貴様……私に逆らうとは命知らずだな」

「命知らず？　どちらがでしょうか？」

　と、そこでマーリンのコメカミに青筋が幾本も走る。

「良いだろう。お望みならば特別指導だ。ただし、私のお灸《きゅう》は地獄の獄炎となるぞ？」

　鎖が動き、捕縛された学生たちが舞台の外側に雁字搦《がんじがら》めのまま投げ出される。まあ、これは舞台上の掃除ってところだね。

「レベル７：冥府結界《デッド・ブラインド》」

　そうして、闘技台はドーム状に、黒色の闇に包まれた。

「ご主人様！　中が見えなくなったんです！」

「……派手なことになるだろうからね」

暗闇に包まれた舞台上。

マーリンがやっている方法——森羅万象の魔力の流れを「視る」ことで、僕には中の様子は窺《うかが》えるけど、アナスタシアやマリアではそうはいかないだろうね。

それにアレは目隠しと同時に、外に対する魔力障壁にもなっている。

つまり、マーリンは加減せずにやる気だ。

まあ……恐らく、これから先の舞台上ではこの時代ではあってはならないような大変なことが起きるはずだ。

そうして舞台上のマーリンは不敵の笑みと共にブラッドに語り掛ける。

「しかし、レベル10も宝の持ち腐れだな」

ほう、とブラッドはマーリンに向けて息を呑《の》んだ。

「事情通ですね？」

「サーシャ様から事前に情報が入っていたからな。貴様がどのような方法を使ったかは知らんが、これはサーシャ様の領域での案件。ならばデタラメが起きるのは自然の道理……というところだ」

「それで……宝の持ち腐れとは？」

マーリンはクスっと笑った。

「生徒会との戦闘で無駄に魔力を消費したのか、魔力の総量が足りんように見えるぞ？　今の貴様ではレベル10はおろかレベル7……いや、せいぜいがレベル6を一発が残弾ということだろう？」

「ほう、そこに気づくとはさすがは学長です」

と、そこで僕は「あっ！」と、さっき感じた違和感に気づいた。

いや、違うマーリン……そうじゃないんだ。ブラッドはさっきの戦闘で一度も魔法を使っていない。

嫌な予感が確信に変わり、僕は舞台上に向けて走り始めた。

「で、どうする？　空となった魔力で私と勝負をするつもりか？」

「ええ、そうですよ。貴女《あなた》達からすれば空のように見える魔力ですが、私には必要十分なのです」

そうしてブラッドは掌《てのひら》をマーリンに向け、術式を組み立てもせず、魔力を発動させもせずに、ただ――宣言した。

「レベル９：暴氷龍《ブリザード・タイラント》」

これは……デタラメだ。

僕とマーリンは同時にそう思い、そして同時に顔色を驚愕《きょうがく》の色に染めた。

そう、これは理外の出来事なんだ。いや、ありえて良いことではない。

日本の歴史でたとえると、第二次世界大戦にこの世界の魔術師団が飛竜に乗って参戦し、戦闘機の機銃と魔法で撃ち合うような……これはそんな無茶《むちゃ》だ。

そう、これは術式の隠蔽ではないんだ。

魔力の動きも事実として存在しない。術式なんて最初から組まれちゃいない。ただ魔法が突然、理屈も理論も無視して、宣言と共にそこに出現した。そして暴君と化した巨大な氷龍が顎《アギト》を開き、マーリンを丸呑《まるの》みにした。

——直撃

防御が遅れ、マーリンは無防備の状態でレベル9を受けた。

マーリンほどの術者が相手の攻撃に何のレジストも使用せずに、素人同然に攻撃を受けたのには訳がある。

僕たち魔術師は相手の魔力の動きと、術式構築の状況から相手の次の行動を予測し、先読みの応酬で攻守共に戦術を練り上げていく。

が、ブラッドはそもそもの魔力の動きがなかった。しかも、隠蔽しているという思い込みもある。

魔力と術式を視るために、そこに意識を集中させていて——だから、玄人であるが故に反応が著しく遅れたんだ。

これで確信したんだけど、以前、馬車に乗っている時に氷の攻撃を仕掛けてきたのは多分、ブラッドだろう。

そしてあの時、僕がした勘違いと同じ思考をマーリンもしてしまっていたんだ。

だから、直撃を喰《く》らった。

あの時、僕は……僕たちに魔法行使を気づかせなかった術者をサーシャだと結論をつけた。

何故《なぜ》なら、そんなことができる人物という前提がファンタジーなのだから、それこそデタラメな存在しかできる訳がない……そう思い込んだ。

でも、そもそもブラッドが行使しているのは魔法ではない。

これは……スキルだ。

チェスのルールで戦っているつもりなのに、将棋で攻めてこられて対応なんてできる訳がない。

「カ……ハ……っ！」

舞い散る鮮血、引き裂かれる肉。

氷龍に呑まれながら咄嗟《とっさ》に組みあげた防御魔法のおかげで、マーリンはどうにか即死を免れたらしい。

マーリンの術式ですぐに氷龍は水へと分解されるが、ドサリとマーリンが横たわった床には血の溜《た》まりが広がっていく。

傷は深いようだ。恐らく内臓まで傷ついているだろう。

「貴……様……何を……した？」

そう尋ねるマーリンの頭の中は、クエスチョンマークで埋まっているはずだ。

事実、僕だって驚いている。

こんなことは本当ならばありえない。

でも、僕は知っている。目の前の現象に説明をつけることができる唯一の方法を。そう、これは本当に理外のあの力を以《もっ》てでしか説明ができないんだ。

でも、どうしてブラッドがそのスキルを持っているのか、あるいはあの空間にたどり着くことができたかが分からない。

つまりは何故、ブラッドが女神から与えられる転生スキルを扱っているんだ……ということだ。

今のブラッドが起こした現象は、スキル：魔力消費零《デビルリソース》によるもので間違いない。

それは今世のエフタルとして生まれ変わる直前のことだ。

興味があったので、スキルについて女神に色々尋ねた時、魔術理論を無視し、魔力消費なしで突然魔法を発生させるという――このデタラメスキルの存在を聞いて「そりゃないよ」と呆《あき》れたのを覚えている。

と、そこでブラッドは僕の方を向いてニヤリと笑った。

「はは、驚いたでしょう？　まあ、対雷神皇の切り札の一つだったのですが、見られてしまいましたね。しかし結果は同じことです、こちらにはレベル10というもう一つの切り札がありますしね」

「それもまた、氷系統なのかい？」

「ええ、その通り。同じレベル10とは言え、貴方の雷神皇《エフタル》よりも格上――氷神皇《アイザック》が行使可能です」

それ以上は取り合わず、僕は横たわるマーリンの傷口に掌で触れた。

「レベル10：完全回復《パーフェクトヒール》」

予想通りに内臓が損傷している。

身体欠損関係はすぐに処置しなければ、僕の回復魔法でも元通りにすることは難しい。

「確かに完全回復《パーフェクトヒール》は厄介です。ですが、氷神皇《アイザック》は一瞬で全てを凍結させ、対象の意識を奪います。いかな完全回復《パーフェクトヒール》とはいえ、魔法を使えなければ意味がない。違いますか？」

マーリンに回復を施しながら、僕は黙ってブラッドを睨《にら》みつける。

「ここで決勝を始めるのも面白いと思うのですが、如何《いかが》でしょう？」

「喧嘩《けんか》なら、それこそ決勝でやれば良いと思うんだけど……どうかな？」

「私は、この場でも一向に構いません」

挑発するような視線を受けて、僕は——

「ほう、俺に喧嘩を売るとは中々面白いことを言うガキだな？　俺を俺と知ってここまで舐《な》めた口をきいたのはテメエが初めてだ」

「ようやく出てきたようですね。お会いできて光栄ですよ、雷神皇」

「なら、お望みどおりにここで死合おうか？」

「ええ、それもまた一興」

と、その時——シェリルが舞台上に駆け上がってきた。

「……兄さん。もう……やめてほしい。本当にもう……やめてほしい」

涙を浮かべた訴えだった。

ブラッドの表情が若干狼狽《うろた》えたものとなり、その気勢は瞬時に削《そ》がれたようだ。

「全ては貴女のためなのですよ、シェリル」

「……兄さんが何を考えているのか、何でそうなっているのか……私には分からない。もう……何がなにやら……でも、これだけは分かる」

そこでフルフルとシェリルは首を左右に振った。

「……兄さんは良くない方向に……突っ走っている。もしもそれが私の為《ため》なら……こんなことはもうやめてほしい。兄さんが裏の道を歩いたことも……私は本当に反対していた。

もう良い……もう私の為には何もしなくて良い」

そうしてブラッドから感じる圧が一気に薄れていった。

「興が削がれましたね。まあ良い……どの道、決勝戦は一週間後です。貴方《あなた》を楽しむのは……祭りの最終日ということにしておきましょう」

と、ブラッドはニコリと笑ったのだった。


そうして五日後。

夕暮れの屋敷の自室に、コンコンとノックの音が響き渡る。

「マーリンかい？　入って良いよ」

「失礼します。シェリルの兄……ブラッド学生とその近辺調査が終了しました」

「もう体は大丈夫？」

「雷神皇特製の回復魔法でしたので……ね」

「なら良かった。あれは僕の体に特化したカスタマイズをしているから、どうにも他人には効き目が薄くてね……」

と、渡された資料に目を通し、僕はため息をついた。

「やっぱり邪法……か」

「ええ、裏ギルドの連中を締め上げ、麻薬や劇物の類の金の流れの動きを追ったところ、すぐに裏が取れたというところですね」

材料から察するに、やはり生前に僕が潰した宗教組織と似たような方法を使っているね。

効果としては――

・魔法技能の爆発的な向上

・副作用として暴力性の増加

・重大な副作用として寿命が縮む

寿命が縮むのが本当に酷《ひど》いね。端的に言うと、これは数年で命を燃やし尽くし、刹那限りの超人を作り出すというシロモノだ。

邪神契約の儀式みたいなところもあるので、本人も納得済みで強化されるのが前提となる。そして、そこが腑《ふ》に落ちない。

楽をして力を欲しがるのは人間の常だけれど、はたして若い学生が余命数年なんていう状況を受け入れるのだろうか？

「まあ、それは良しとしてだ。しかしマーリン？　魔法技能の爆発的な向上効果があるとして、こんなことでレベル10を扱うことができると思うかい？」

「無理ですね」

断言したマーリンに僕も同感だと頷《うなず》いた。

「そもそも、この時代ではレベル９以上の魔法は失われていますしね、強化どうこうの問題ではありません」

「ああ、その通りだ。そうでなければ、マーリンの限界がレベル８であるはずがない」

ふーむ……と考えながら、資料に更に目を通して僕は大きく目を見開いた。

「ブラッドの魔法適性が……無し？」

「ええ、学生記録を漁《あさ》るに、シェリルの兄は魔法適性がありません。そして……シェリルの兄は、シェリルの義理の父の実子となりますね」

「詳しく教えてくれないか？」

「ええとですね、シェリル＝オールディス……彼女は勘当されましたが、とある国の公爵家の養子ですね、そしてオールディス家は魔術師畑の大貴族となります。そしてブラッド……つまりは長男が魔法適性無しであることに気づいた公爵は絶望することになります。そして他にも何人か子供を作ったのですが、どの人間も魔法に対する適性が芳《かんば》しくなかった。まあ、魔法適性皆無のような極端な例はブラッドだけだったのですが」

「なるほど……それでシェリルを養子に？」

「はい、公爵の種に問題があるのではないかと宮廷で陰口を叩《たた》かれるようになり、やがて公爵は子作りそのものを恐れるようになりました。そこで――養子縁組となります」

「なるほど……ね」

「精霊関係は伏せられる形で、奇跡としか思えないような魔法適性を持つシェリルと、その双子の姉が大金で買われる形となった訳です。家としての面目もたちますし、最終的には公爵の子供のどれかと婚姻させてしまえば、名実共に一族となりますしね」

「ん？　ちょっと……ちょっと待て、待ってくれマーリン。双子の姉というのは？」

「シェリルと同時期に入学試験を受けている記録があります。試験成績はシェリルよりも更に上……神童以外の言葉が出ない成績ですね。が……入学はしていません」

「どういうことだ？」

「……入学前に他界しています。死因は魔力枯渇……直接的な理由としては魔力の吸引となりますね」

「吸引……だって？　他殺だったってことなのかい？」

「ええ、吸引とはつまり……冒険者パーティーの遠征の際に、魔力が枯渇した回復役に、他の魔術師が魔力を譲渡するようなときに使われる方法ですね。何者かが双子の姉の寝室に忍び込み、犯行が行われたとのこと——まあ、物盗《ものと》りもなかったらしいので不審な点は多いのですが」

「どうにも……あの子はやっぱり完全には心を開いてくれていないみたいだね。そんなことは僕は一言も聞いていないよ」

と、僕は肩をすくめた。

「ええ、氷神皇も秘密主義者で……そんなところはありましたしね」

「似た者同士……血は争えないね」

「ともかくブラッドですね。魔法適性皆無の者が……それがレベル10になどと……どう考えてもおかしいように思えます」

「いや、逆だよ」

「逆？」

「魔法適性が皆無だからこそ、おそらく……シェリルの兄のブラッドはレベル10に到達できた。少しだけだけど……ちょっと分かってきた気がするんだ」

あの時、サーシャの言っていたキーワードを頭の中で反芻《はんすう》する。

・古代のアーティファクト

・魔法適性の治療法であるという存在の根源《ルートオブルーツ》

・転生と女神

・魔法適性

そして、炎神皇。

彼もまた古代文明と魔法適性についての研究をしていて……まあ、これは偶然ではないだろう。

更に言えば、この世界の全体の魔法の上限レベルを下げた原因である魂の変容……マギアバーストを引き起こしたのも、アイザックを殺したのも……炎神皇だ。

そして魂を司《つかさど》る転生の女神と、マギアバーストの効果である魂の変容。

これも無関係だとは到底思えない。まあ、だからこそ、僕は今までシェリルの抱える魔力枯渇の問題解決にも、慎重に様子見をしていたんだけどね。

サーシャと出会ってから、今回の祭りには……どうにも炎神皇の影がチラチラと見える気がしてならなかったんだ。

「ねえ、マーリン？　十万人に一人……これがなんの確率か分かるかい？」

「いえ……申し訳ありませんが見当もつきません」

「魔法適性がない人間が生まれる確率だよ。僕は……これが偶然とは思えないんだ」

僕が二度目も魔法適性が無しだったということ、そしてそれが必然だと……サーシャからあの話の流れで言われたことからも、関係性は明らかだしね。

「確かに……そうかもしれません」

「まあ、そのあたりの詳しいことは、雷神皇祭が終わってから師匠を詰めるしかないんだけどさ」

言葉を受けて、小さくマーリンは頷いた。

「ところでお気づきですか、エフタル様？」

「どちらのことだい？」

呆《あき》れたとばかりにクスっとマーリンは笑った。

「何でもお見通しですね、エフタル様」

「まあ、一つ目はシェリルのことだね」

「音信不通と言っていた……兄と密通していることですね」

「うん、伝書鳩《でんしょばと》代わりの使い魔に、僕が気が付かない訳がない」

「では……魔法学院内の異変についてはどこまで？」

「魔法学院内にも、時限発動式の大規模魔法陣が仕込まれている。それもアンデッド系の禁忌魔法陣だ」

「魂食らい《ソウルイーター》。範囲内の人間が干からびるまで魔力を食らいつくす術式です。お気づきだということですが……潰さなくてもよろしいので？」

「いや、今はまだ良い。全部……分かって放置していることだ」

「……その心は？」

「分からないことだらけだし、相手の出方を見たい。魔法陣自体はいつでも潰せるし、時限発動の時刻は祭りの最終戦の直後で時間もあるしね」

と、そこで僕は立ち上がった。

「どちらに行かれるので？」

「シェリルだよ。彼女については、調べられる範囲での資料は揃《そろ》ったし、それでも分からないならもう、本人に聞いた方が早いだろう？」

☆★☆★☆★

で、シェリルの部屋にきたんだけど……。

やっぱり床に魔法書が散乱していて足の踏み場もない。相も変わらず大変なことになっているなと苦笑する。

良い部屋をあてがわれていて、物凄《ものすご》く広いんだけど……ここまで盛大に散らかすことができるのは、ある種の才能だろう。

「はは、こりゃ凄いね」

「……私は生活能力が皆無なので。前にエフタルに言われたが自慢できるものではない」

「いや、自慢して良いよ」

「……え？」

「だって、勉強熱心なだけなんだろうに？　前は気づかなかったけど、今、もう一度見てそう思ったんだよ。部屋は散らかってはいるけど汚くはないしね。君の出不精だってそうだ。寝る間も惜しんで、外に出る間も惜しんで魔法の勉強をしていた。だから、本だけが散らかっている……違うかい？」

「……驚いた。何故《なぜ》分かったの？」

「氷神皇の部屋もそうだったらしいからね。本当に血は争えない……ってところだ」

いや、生前の僕も似たようなところあったんだけどね。

調べ物を始めると何十冊って床に本を並べて開いたままにしたりするし。

「ところでシェリル？　君のお兄さん……ブラッドについて教えてほしい」

「……長い間会ってない。この前の準決勝で久しぶりに会った」

「いや、会ってはいないんだろうね、それは知ってる。僕が聞いているのは不可視の使い魔による通信だよ」

と、僕の問いかけでシェリルは大きく目を見開いた。

「…………本当に驚いた」

「教えてくれるかい？　君のお兄さんは何をしようとしているんだ？　僕としてもマリアやアナスタシアを決勝戦に出す以上、彼女たちの安全を最大限に確保するために……知っておく必要がある」

ま、これは半分は本当で半分は方便だね。

とりあえず、シェリルの魔力枯渇に処置を施すにしても、もしも炎神皇絡みであれば……何が仕込まれているか分からない。

状況を知らないことには、軽々に動けば地雷を踏む可能性もある。生前、炎神皇は僕よりも一枚も二枚も上手の魔術師だった。格上相手にゴリ押しなんてできる訳がない。

「……その前に聞きたいエフタル……今まで、兄さんとの通信については黙っていた。それはエフタルに迷惑をかけたくなかったから。あの人はどんどん外れた道のほうに進んでいるように……見えるので」

「子供がそんなことを気にしなくて良いんだよ」

と、僕の言葉でシェリルは頰《ほお》を膨らませる。

けど、無表情なんだよね。どうにも、おかしくなって僕は少し笑ってしまった。

「……知ってしまえば面倒なことになるかもしれない。私はただ捨てられていた子犬。そういう風に思っていた方が……良いと思う」

「乗りかかった……いや、もう乗っている船だ。教えてもらった方が対処をしやすいよ」

「……ん」

と、シェリルは小さく頷《うなず》いた。

「……兄さんの目的は分からない。けれど……状況の説明ならできる」

「ああ、お願いするよ」

「――少し長い話になる」

本当に長い話だった。

義理の親に引き取られて以降、物心ついた時からシェリルと双子の姉に対し、魔法の訓練が半強制で施された。

ただ家の名を上げる為《ため》だけの道具として……年齢なんておかまいなしで、危険かつ苛烈な訓練が延々と行われたらしい。

そうして、親としての愛情は一切与えられず、他の兄弟も一切彼女たちにはかかわらず、彼女たちは屋敷の中で孤立して暮らしていた。

そして、兄のブラッドの扱いもまた悲惨なものだった。

魔法適性が皆無ということで……家の中で爪はじきものにされていたらしい。

使用人と変わらないような扱い、いや、それ以下の存在として、時には親のストレス解消代わりに特に意味もなく、躾《しつけ》という名の折檻《せっかん》……いや、暴力も日常的に行われていたようだね。

けれど、ブラッドは心優しく、孤立していたシェリルと姉をいつも気遣っていた。

広大な公爵家の屋敷の中、彼ら三人は他の誰からも孤立していたけれど……同じように孤独な三人だけは身を寄せ合うようにしていたということだ。

そしてシェリルが六歳の時、双子の姉が体調不良になった。それで、色々と調べてみて……魔力枯渇の症状が判明したんだ。

先天的に似たような症状を示す者も稀《まれ》にいるので、精霊の関係はバレなかったらしいんだけど……。

まあ、魔術を扱う者にとって、それは致命的欠陥であることは変わりない。

既に魔法学院に通うことが決定していたんだけど、それも取り消しになって……事件が起きた。

利用価値のなくなった双子の姉は、事情を伏せて子供のいない魔術系統の下級貴族に売られることになったんだ。

初代氷神皇の家系ということで、相当な値段がつくという話だ。下級貴族としては将来的には自身の親類を婿養子として迎えて、婚姻という形にするということだね。

こうすれば氷神皇の血族であるというハクがつくし、家としての血脈も保たれる。まあ、シェリルの姉は体の良い神輿《みこし》ということだ。

と、いうか、シェリルたちを引き取った公爵家も全く同じ理屈で彼女たちを引き取っている……つまりは不良品の転売だ。

どこまでも大人の都合に翻弄されて、本当に胸糞《むなくそ》の悪い話であることは間違いないんだけど――。

そして、ある日……養子として売られる前に――シェリルの姉は亡くなった。

その後、ブラッドとシェリルは同時期に魔法学院に入学し、魔力枯渇の症状がシェリルにも訪れたんだ。

もちろん、魔力枯渇は魔法学院職員が知るところになってしまっているので、最早《もはや》、事情を伏せての転売も効かなくなった。

そうして、家から縁を切られるということになったんだね。そこからのシェリルは僕の知っての通りとなる。

で、ブラッドも魔法学院での成績が下から数えた方が早い位なので、無能として同じく縁を切られた。

そうしてブラッドは自身の学費と、シェリルの魔力結晶を手に入れるために……裏街道に至る門の戸を叩《たた》いたと。

大体の顛末《てんまつ》はこんな感じだ。

「……兄さんとは二年前からほとんど会っていない。手紙のやりとりはしているけれど、ほとんど自分のことについては語らない……突然レベル7を使って驚いている」

「なるほどね。それでブラッドと会わなくなる前、彼に何か変わった様子は無かった？」

「……年々、私が必要とする魔力結晶は大きくなっていって、金銭的な意味で色々と行き詰まっていたように見えた」

魔力結晶は大きさが少し違うだけで何倍にも……いや、下手をすれば桁が違ってくるからね。

危険なアルバイトをやったとしても、学生にどうこうできるレベルはすぐに超えてしまうだろう。

「ところでシェリル？　使い魔による通信の内容を教えてもらいたいんだけど……」

「……兄さんは……一緒に暮らそうって。色んなことがもうすぐ上手《うま》く行くって。魔力枯渇も、もう心配しなくて良いって」

もうすぐ上手く行く……か。

その根拠は魔法学院に仕掛けられている、魂食らい《ソウルイーター》の魔法陣に起因するんだろうね。

「ありがとう。大体のことは分かったよ」

そう、今の話で確信できた。

恐らくは……ブラッドは集めた魂を使って魔力結晶を精製、あるいはそれに近いことをやるつもりなんだろう。

そもそも、魔法学院という場はそれ系には最も適している場なんだよね。

高純度の魔力を持った魂……けれど、魔法耐性は未熟な生徒が一堂に会する場だから。

けれど、その方法を選んだ場合は重罪人となる。個人としてどれだけ強くても国家……あるいは世界全体を敵にするには無理がある。

一緒に暮らすとは、つまりは……逃亡生活への誘《いざな》いといったところか。

「で、君はどうしたいんだ？」

「……正直、迷っている……私は……兄さんが好きだった」

「だった？　どうして過去形なの？」

「……兄さんは私の双子の姉さんを手にかけている」

「……え？」

「……理由は分からない。けれど、あの日……私は見てしまった。夜中に物音が鳴って、鍵がかかった姉さんの部屋。ドアノブの鍵穴から覗《のぞ》くと……姉さんの魔力を吸っている兄さんの姿が見えた」

「何か理由に心当たりは？」

「……兄さんは……おかしくなってしまった。あの不思議な赤髪の少年に出会ってから……兄さんはおかしくなってしまった」

赤髪の少年……炎神皇のことだろう。

いや、この場合は炎神皇以外には考えられない。

「その少年について詳しく教えてくれるかな？」

「……家にきたのは一回だけ。ある日、公爵家を訪ねてきて……義理の父がおかしかったのを覚えている」

「おかしいというと？」

「……普通にしているけれど、普通ではないような……。あの傲慢な父が遥《はる》か年下に見えるあの少年を、何故か宝石を扱うようにしていた。それに、後から少年について尋ねても……『何を言っているのだお前は』と、まるでそんなことはなかったかのように言われてしまった」

記憶操作、あるいは洗脳の類……か？

そこまで極端な効果はレベル9以上だろうから、やはり炎神皇だろうね。

「それで、君たちはその少年と何を話したの？」

「……私はほとんど話をしていない。ただ、彼は兄さんを連れて別室に……。そこでどんな話をしたのかは分からないけど、兄さんは思いつめたようになって……その一週間後に姉さんが死んでしまった」

どうにも炎神皇については直接ブラッドに会って、話を聞いた方が早そうだね。

シェリルからはこれ以上の情報は出てこないだろう。

「……エフタルからは何故《なぜ》か兄さんと同じ香りがした……魔力の匂いが近かった。色がない……とてもとても珍しい匂い。けれど温かい……あの日を境に変わってしまった……変わる前の兄さんと同じ香りが……うまく……表現できないけれど」

「いや、何となく分かるよ」

魔力は精神の状態に大きく影響される。

色というのは恐らく魔法適性のことだ、そして……温かいというのは精神状態なんだろうと思う。

　とても、平静でいられない何かが、炎神皇との邂逅《かいこう》で行われたんだろうね。

「……だから、兄さんが好きだったというのは……過去形になる。あの日から私は……兄さんがとても怖い。いや、兄さんのことが分からなくなった」

「それで一緒に暮らすって話だけど、どうするんだい？」

「……だから、今は一緒に暮らす気にはなれない……でも……いつかちゃんと話をしたい……とは思う。何故、姉さんにあんなことをしたのか……向こうは私がそれを知っていることは知らないし、今までは怖くて……聞けなかったけど」

「……」

「……」

「ところでシェリル、しかし、この部屋に散乱している魔導書――何故に君は未《いま》だに魔導を学んでいるんだい？　魔力枯渇の運命を持っている以上、魔力を消費する魔法は君にとっては毒だ。たとえ――魔力結晶を持っていたとしてもね」

「……何かが変わるかもしれない。そういう風に思っているから」

「何かが変わる？」

「……義理の父に捨てられたことも、兄さんが裏稼業の道を歩んでしまったことも、全て……私の無力が起因。これは間違いない……力があれば捨てられなかった。力があれば金にも困らなかった。全ては私の無力。それが悪い」

確かに――と僕は思う。

あるいは、シェリルが僕のような力を持っていれば、こうはならなかっただろう。

僕であれば必要量の魔力を供給することはできるし、魔法について無能だと捨てられることもなかった。

そして、お金に困っているなら冒険者ギルドなり何なりでいくらでも稼ぐことができる。

「……力が欲しい。私は……この嵐のように不幸が吹き荒れる運命の中で、ただ漂うだけの小舟ではありたくはない。自分の手でオールを漕《こ》いで……嵐の中から抜け出したい。そういう風に思っている」

「……」

何と声をかけていいか分からない、しばしの沈黙の後、シェリルは小さく頷《うなず》いた。

「……さっき……兄さんのところに行くか迷っていると言った。でも、今……決めた。兄さんのところには今は行かない。だから……兄さんときちんと話をするそれまでは……ここに置いてほしいエフタル」

「留《とど》まるも去るも、君が決めることだ。君が望むならこの屋敷は……出戻りでだって、いつでも君を受け入れるさ」

「……ありがとう。兄さんが姉さんを殺してから……私には居場所がなかった。でも、ここは……やっと見つけたかもしれない居場所。本当に……本当にありがとう」

と、そこでシェリルは泣き崩れた。

今まで誰にもこの話をしたことがなかったんだろう。一人で抱え込んで悩んで……あるいは怯《おび》えて。

そして、どうしようもなくて……この子はただ一人で部屋の中に籠もって震えていたんだろう。

これからの自分の不安と、最愛の兄に対する不信。色んなことをただただ……考え続けて頭の中は堂々巡り。

――特殊な家系に育ち、特殊な境遇のこの子だけれど、根っこのところはただの子供だ。

そう、今、僕の目の前にいるこの子は……ただの当たり前の九歳の女の子なんだ。

「心細かったね、でも、もう大丈夫だから」

ぎゅっと強く抱きしめると、シェリルは僕を見上げて微《かす》かに安堵《あんど》したような表情を作った。

☆★☆★☆★

時は流れて、決勝戦の前夜となった。

そして、僕たちは作戦会議に臨むことになった。

まあ、決起集会を兼ねてのお決まりの食事会なんだけどね。

「で、実際問題どうすんのよエフタル？　アンタはそりゃあまあ……相手が何であれ余裕でぶっ飛ばせるだろうけどさ」

「そうなんです。私たちじゃレベル5を使える人たちを相手にするのは……無理なんです……」

「マーリン様は不戦敗決定なんでしょ？　シェリルは……色々とワケアリで全力出せないみたいだしさ」

「あの、えと……結局、ご主人様と私とマリアさんの三人で全勝しないといけないんです？」

二人の懸念はごもっとも。

まあ、カタログスペックだけを見てればそう思うのも無理はない。

「どうするも何も話は簡単だ」

「ん？　簡単？　どういうこと？」

「思いっきりやれば良い。僕はヤワな訓練を君たちに積ませちゃいない。それに元々の二人共、戦闘センスは抜群だしね」

「いや、だから相手はレベル5を使えんじゃん？　力の差が……」

「上の世界では当たり前のことだから、魔力運用と術式構築を見る癖を今後は身につけたほうが良い。ただ、あの連中がレベル5を使ったってことで、マリアは呆気《あっけ》に取られていたんじゃないかな？」

「ん？　本当にどういうこと？」

「連中は借り物の力のような状態だ。見栄《みえ》っ張《ば》りの剣士が身の丈以上もある大剣を振り回しているのと大して変わらないってことさ。僕もレベル4の術式を君たちに与えたけど、使いこなせるまで反復練習をずっとさせているだろ？」

ま、向こうは力の行使が寿命と引き換えだからね。

練習で魔法行使なんてできないし、連中がそうなるのは、ある種必然でもある。

「……ご主人様？　つまりそれって……？」

「落ち着いて頭で考えて対処すれば勝機はある。具体的に言うと、連中は命中精度と術式発動までの時間が異常に遅い。ま、僕ができるアドバイスはここまでかな」

と、そこでマリアは大きく頷いた。

「良し！　そういうことならアナスタシア！　アンタに任せたわ！」

「え？　任せたって何をなんです？」

「汚い手と小細工を考えに考えなさい！　そういうの得意でしょアンタ！」

「えー！　私のことをどんな目で見てるんです⁉」

「えーっと……ほわほわ系外道少女？」

ほわほわ系外道少女って何なんだよ……と僕は笑ってしまった。

「まあ、分かりました。そういうことなら……考えるんです！　勝てる方法を！」

基本的に乗せやすい性格なんだよね二人共。

前向きになってくれるのは良いことだし、実際に勝てる可能性も結構あるけどね。

普通ならかなり厳しいんだけど、虚をつくことができれば何とかなるだろう。

そして、そのあたりのセンスは二人共持っている。

と、その時、シェリルが無言で立ち上がり、晩餐《ばんさん》室のドア――出入口へと向かっていった。

「シェリル？　どこに行くんだい？」

「……エフタル……今日、兄さんからどうしても一緒に暮らしてほしいと使いがきた」

ドアを開いたシェリルは一歩の外に出て、こちらを振り返って言葉を続ける。

「……兄さんが何をするつもりなのかも分かった。だから、私は行かなくてはならない」

そうして、彼女はローブの下に首から手を潜り込ませて、首飾りを取りだした。

「……兄さんを止めることができるのは私だけだから。準決勝のあの時、兄さんは私の言葉で確かに止まってくれた。私が兄さんと真摯に向き合えば……馬鹿なことはしないはず」

首飾りの宝珠が、パキンと音を立てて破裂した。

中から冷気を帯びた莫大《ばくだい》な魔力の奔流が溢《あふ》れ出していく。

「……止められない場合、学院全体が酷《ひど》いことになる。だから、貴方《あなた》たちを外に出す訳にはいかない……最終戦が終わるまで……大人しくここで待っていてほしい」

白いモヤ。

冷気が室内の壁にまとわりついていく。そして、見る間に部屋の壁が魔力を帯びた厚い氷に包まれていった。

「……絶対氷壁《パーフェクトアイスガード》。初代氷神皇が子孫を……私たちを守るようにと残した遺物《マジックアイテム》……その最後の一つ」

そうして、最後に出入口までもがブ厚い氷に閉ざされた。

「……ごめんなさい。そしてさようならエフタル」

と、そこで——呆気に取られた様子のマリアが大声をあげた。

「ちょっとちょっと⁉　どーなってんのこれ⁉　一瞬の間に……とんでもない魔力を帯びた氷に閉じ込められちゃってる感じなんだけどっ⁉」

「レベル９の結界……か。防御結界を閉じ込めるために使うとはシェリルも考えたな」

と、俺は拳を鳴らした。

「ええ、エフタル様。確かにこれはアイザック様の技です」

俺は立ち上がり、軽くストレッチすると同時に首をコキコキと鳴らす。

「で、どうなさるおつもりですか？」

「追跡《トレース》の魔法はシェリルが遺物《マジックアイテム》を使う直前に仕込んだ。まあ……泳がせるさ」

「泳がせる？」

「背後関係が読めない部分がまだある。これは炎神皇絡みの案件だしな、雑はできないってことだ」

「と、おっしゃいますと？」

「可能であれば、俺はブラッドも助けようと思っているんだ」

「……シェリルだけじゃなく……？」

「アイザックは俺にとっても特別な男だ。だから、シェリルを泣かせる訳にはいかない」

「どういうことでしょうか？」

「妻のブリジット……あいつの誕生日に毎回、自分で摘んだ珍しい花束をポエムと一緒に送ってきてな。本当に気障《キザ》な野郎だが、ブリジットも喜んでるもんだから、止める訳にもいかねーだろ？」

「……話が読めませんが？」

「ブリジットは知らない話だが……俺と同じ女を愛した男だ」

それもあって、四十を超えてから精霊に入れ込んだアイツを……俺は心のどこかでは応援していた。

アイツがどんな気持ちで、何も言わずにブリジットから手を引いたか分かっていたからな。

と、そこでマーリンは大きく目を見開いた。

「本当に……貴方という人は……。しかし、結界はどうなされます？　少なくとも私では……すぐには解除できませんが」

「誰にモノ言ってんだマーリン？」

パチンと指を鳴らすと、氷に亀裂が入り――すぐに音を立てて崩れ始めた。

「これは失礼いたしました、エフタル様。しかし、貴方は本当に……面倒なものを拾う習性があるのですね？」

「ああ、お前を魔王城で拾ったのと同じようにな」

そうして、呆《あき》れたようにマーリンは笑ったのだった。

サイド：シェリル

——あの日。

姉さんが、殺されたあの日。

私はドアの鍵穴から、その光景を見てしまった。

ベッドの上で馬乗りになり、姉さんの魔力を吸う兄さんの姿を。

味気のない……泥を固めたような見た目と味の、完全栄養食だけを与えられる私たちに、こっそりといつもお菓子を与えてくれた兄さん。

周囲の目を盗んで、絵本を読んでくれた兄さん。

兄さんの姿を見れば、私と姉さんの目は輝いて……魔法漬けに彩られたセピア色の光景に、すぐに色がついたようだった。


——何故《なぜ》、兄さんは姉さんを？


あの日、あの時、あの瞬間。

赤色の髪の少年が兄さんを別室に連れ出したあの時から私たちの歯車は狂い始めた。

――兄さんが姉さんを殺したこと。
――兄さんがお金を稼ぐために裏稼業に手を出したこと。
――兄さんが人外の力を得たこと。
――そして、兄さんが私を救うために大量の人を殺《あや》めようとしていること。

全てが……全てがおかしい。

もう、何がなにやら意味も分からない。

そうして私は兄さんから呼び出しを受けた……裏ギルドのドアを叩《たた》いた。最初に三回、続けて二回……。

おかしい、向こうからの返事がない。ドアノブを握ると、鍵がかかっていなかった。

そして、ドアを押し開けた瞬間、広がる光景に私は絶句した。むせ返るような鉄の……いや、血の匂い。

窓からの青白い月光に照らされた、返り血を浴びた兄さんの足元にはギルドの小太りの男が転がっていたのだ。

「……兄さん？　どうして？」

「金が必要だからね。どうせ奪うしかないなら……ロクでもない金の方が良い」

即答で、なおかつ非常にシンプルな回答だった。

「……もう、そんなことをしなくて良い。しばらくお金は必要ない。魔力結晶ならこの前買ったのだから」

「逃亡資金が必要だ。国相手に喧嘩《けんか》を仕掛けるつもりもないしね」

「……逃亡？」

「何百人の命を奪うんだからね。身をひそめる金は……必要だ」

「……どうして……魂を集める必要が？」

「高濃度の魔力結晶、それが大量に必要なんだ。一番手っ取り早い方法……それは魔法学院の生徒を利用するということだ。違うかい？」

何がおかしい？　という風に兄さんが尋ねてきた。

私は唇を噛みしめ、そして――

「……兄さんの手をこれ以上汚してほしくない」

「自分でも分かっているんだろうに。体を維持するために必要な魔力結晶はどんどん大きくなる。そうなれば……モノ自体が幾ら金を積んでも手に入らなくなると。国家施設に盗みに入るでもしなくてはいけなくなるが……それは現実的ではない」

「……死ぬことが決まっているなら、それは運命と受け入れる……しかないと思う」

「一度だけだ。ここ一度だけ乗り切って、大きな結晶を大量に手に入れる。そうすれば……君は呪われた運命から解放されるんだよシェリル」

「……数百人の命を礎にして？　誰かの死を前提として生きるなら……私は……私は……

そんなモノは要らないっ！」

兄さんは右手を高く振り上げ、そして私の頬《ほお》に振り落とした。

――バチンっ！

私は右方向に吹き飛び、壁に顔面から叩きつけられた。

平手打ち……というよりも鈍器で殴られたような感覚だ。

「誰のために僕がこんなことをしていると思っているんだシェリルっ！」

私の鼻からドクドクと血が出たところで、兄さんは「あっ……」と息を呑《の》む。

「……シェリル、ごめん。ごめんよ……自分でも力と感情の制御が効かない時があるんだ」

「……兄さん。何故、姉さんを手にかけたの？」

その言葉で兄さんは大きく目を見開いた。

「知っていたのかい？」

「……ん」

兄さんは窓から覗《のぞ》く月に視線を移して遠い目を作った。

そうして物憂げな表情でこう言った。

「あの日、神が僕の前に現れたんだ」

「……神？」

「赤髪の神。彼は……クレアが魔力枯渇で既に長くないことを私に告げた。シェリルもまた早晩そうなるとね。そして――魔力適性がない私を、神に祝福されていると称してくださった」

「存在の根源《ルートオブルーツ》を開き、私に力を与えてくれた。そして……シェリル、君だけでも救う方法を教えてくださったんだよ」

「……どういうこと？」

「……私を救う方法が……姉さんを殺すということ？」

兄さんは頷《うなず》いて、優しく微笑《ほほえ》んだ。

「君が生きていくには犠牲が必要だ。分かるね？　分かってくれるね？」

「……分からない。そんなこと……分かりたくない」

「いつか、分かる時がくる。必ず……ね」

と、そこで兄さんは右手の親指と中指を合わせた。

「でも、今は分からないようなので……少し、眠っていてもらいましょうか。少し窮屈な環境だけど、全てが終われば迎えにくるので安心してね……シェリル」

「睡眠魔法……？」

「ああ、そうだ……一か月後に神と面会することになっていてね、君にも神と会わせてあげよう」

体が……寒い。

瞼《まぶた》が……重い。

体に力も入らない。

そして、無重力のような浮遊感に襲われた私の意識は、すぐに深い深い闇の中に呑まれていった。

――気が付けば私は牢《ろう》の中にいた。

ここは恐らくは裏ギルドが保有する、奴隷や誘拐された被害者等の保管・管理場所だろう。

石畳に投げ出されていた私はすぐに起き上がろうとした。

はたして、あの鉄格子を私で破ることができるのか？　そんなことを考えるけれど――

それ以前の問題だった。

どうにも、起き上がることすらできない。

「……やられた」

どうやら、私には氷結の系統の高位呪縛魔法がかけられていて……今の状態から手足を動かすことすらできないらしい。

と、そこで私は、既に全てがもう遅すぎることに気づいた。

――賽《サイ》は既に投げられてしまった後だ。

私が説得するとかしないとか……それ以前の問題だった。

兄さんは、既にずっと前に心を固めてしまっている。そして、私は……私ができることなど何もないのだと悟った。兄さんは止まらないだろう。止めることができる者もいないだろう。

と、その時、悔しさから涙が出てきた。

――魔力枯渇の運命を背負ったこと。

――兄さんに苦難の道を歩かせてしまったこと。

――姉さんが死んだこと……いや、どうやら兄さんは私の為《ため》に……姉さんを殺したであろうこと。

――そして何より、この状況で何もできない私の……無力。

手足すら動かせない、この身の無力が……何より悔しい。

本来であれば、魔力さえ十分であれば……私もまた高位の魔術師なのだ。

——あるいは、兄さんを力ずくで止めることができた可能性も……欠片《かけら》ながらにあったのかもしれない。

——いや、力が十分にあれば止めることはできた。止められないのであれば、それは私が無力なだけだ。

——力が……力が欲しい。

——意地悪な神様が私に与えたこの運命。

——私はただ、嵐が過ぎ去ることを待つことしかできない小舟で……流されるだけ。

——自分の手で、自分の足で、思うがままにどこへでも行くことができる。

——荒波の中で意思を貫き押し通せる、そんな力が欲しい。

とめどなく溢《あふ》れる涙の中、何故か、黒髪の少年の横顔がチラリと頭をよぎった。

——エフタル。

——変わってしまう前の兄さんと同じ匂いがする人。

——そして、私を安心させてくれる人。

と、その時……カランと地面に金属が落下する音が聞こえた。

顔だけを動かしてみると、切れた鉄格子が——次々と音を立てて地面に落ちていく。

そして、刀を手に持ったエフタルが私にこう尋ねた。

「魔力の枯渇……治療してやろうかシェリル？」

「……エフタル？　どうして……？」

「裏ギルドのドアの外で話を聞いていてな。大体の状況は分かったよ」

本当に……どうしてここにエフタルがいる？

考えようとするけど、頭の中がパニック状態で、上手《うま》く考えられない。

「で、どうするんだ？　お前が同意するなら、今すぐこの場で魔力枯渇を治療することはできるんだがな？」

「……魔力枯渇の治療？　そんなことできる訳がない。私たちがどれだけの文献にあたったと思っている？」

「まあ、この時代の常識では……そうなんだろうな」

「……この時代の常識？」

そうして、エフタルは大きく頷き断言した。

「結論から言おう。従魔契約だ」

「……従魔契約？」

「お前は人間でもあり、精霊でもある。その体の中に半分は魔を飼っているんだ。そして……その部分がお前の人間の部分に害をなしている」

「……確かに私は半分は精霊。使い魔の類の契約は……できないこともない」

「そこまで分かってれば話は早い。俺とお前の魂のリンクをつないで、お前の必要とする魔力を雇用主である俺が補給する。これで問題ないだろ？」

　その方法で初代氷神皇は子供の命をつないだと聞いている。

　当然ながら、そのあたりの文献は一番最初に調べていることだ。

「……その方法も検討済み。でも、無理と結論をつけた」

「どういうことだ？」

「……精霊を使い魔にするなんて四百年以上前の昔話。マギアバーストで魂の変容が起きた今……それができる人間はいない」

　魂の変容の関係で、今の時代の魔法使いと、昔の魔法使いでは……体内で生み出す魔力の上限が全く違う。

　レベル９やレベル10が失われる以前の問題で……私たち魔術師は根本的に脆弱《ぜいじゃく》なものとなってしまっているのだ。

「……しかも、当時でもそんなことができるとすれば……初代の四皇クラスの力が必要」

「シェリル？　俺が……その初代四皇だと言ったらどうする？」

「……エフタル。こんな時に冗談は良くない」

「お前の先祖とは色々あってな。それに俺がどうやってお前の後をつけて、話を聞いてたか……想像がつくか？」

パチリとエフタルが指を鳴らすと、その体が透明になっていき、すぐに見えなくなった。

「これは……レベル８：不可視《インビジブル》？」

大きく目を見開き、私はパチクリと目を白黒させてしまった。

「ああ、そうだ。それにお前が使った氷神皇の遺物《マジックアイテム》……誰があの結界を破ったと思っている？」

「ま……さか……？　本当に……？」

「生まれ変わりって奴だ。その理解で大体合ってる」

と、エフタルは不可視を解いて……新たな魔術式の錬成を始めたようだ。

――速い。

流れるような、いや、芸術的と言っていいほどの美しい魔力操作。

魔族最速と呼ばれるマーリン学長でも、ここまでの芸当ができるかどうか……。

しかも、相当に複雑な術式を組んでいるらしいが……難易度など一切意に介せず、ただただ尋常ではない速度で術式を編み上げていく。

「……凄《すご》い」

素直に、感嘆のため息が出た。

そもそもが、先ほどの不可視魔法……レベル8の魔法をノータイムで発動させる、そんなことはありえない。

これはおよそ人の為《な》せる業では……ない。できるとすれば、それはまさしく天魔の所業だ。

「契約術式の構築が完了した。俺の手を握ればそこで契約完了だ。必ず助けてやる——だから、俺を信じろシェリル」

もはや、エフタルが何を言っているのかが分からない。

——契約術式をたった数秒で組み立てた？

熟練の魔術師が丸一日かけるような術式を……一瞬で？

「……エフタル。今、私には貴方《あなた》の言っていることが半分も理解できない。けれど……これだけは分かる」

「何が分かるんだ？」

「……エフタルは良い人」

そう。

エフタルが……尋常ではない力を持っているのは分かった。しかし、本当に雷神皇かどうかは分からないし、あまりにも突拍子のない話でもある。

けれど、そんなことはどうでも良い。エフタルは、ずっと一人で引きこもっていた私に居場所をくれた。


——エフタルと一緒なら、安心できる。


だから、私はエフタルに手を伸ばした。そう、私は、雷神皇ではなく、目の前の少年——ただの黒髪の少年……エフタルを信じたい。

そのまま、エフタルの手を掴《つか》んで、私はぎゅっと力強く掌《てのひら》を握った。

「良し、これでお前は俺の使い魔であり……庇護下《ひごか》に入ったってことだ」

「……ん」

小さく頷くと、エフタルは後は任せろと言わんばかりにドンと胸を叩《たた》いた。

「なら、ここから先は選手交代だ。お前の背負っている重荷——俺に全部預けろ」

雷神皇祭決勝 ～雷神皇対氷神皇～

サイド：エフタル

翌日、魔法学院から離れた山の中。

魔法学院では今、四対四……いや、マーリンを考えると四対三の個人戦が行われている訳だ。

本当は五人揃《そろ》えられないと失格なんだが、こっちも向こうも綺麗《きれい》に一人欠けてるんだから問題はないだろう。

「さて……始めましょうか雷神皇。まさか直接呼出しがかかるとは思いませんでしたが」

「まさか、俺もお前が素直に果し合いに応じるとは思わなかったがな」

「神から貴方の性格は伺っておりますのでね」

そう、既に俺のことはブラッドには面割れしてるんだよな。

ってことは……つまり炎神皇《クリフ》が、俺の再転生について知っているということでもある。

まあ、もしもアレが俺を殺《や》る気か、あるいはそこまでしなくても敵対するつもりなら、こんな回りくどい形でちょっかいはかけてこなかっただろう。

そこはお互いに様子見であると今は判断しているんだが、恐らくはそれで正解だ。

炎神皇の影が見えている状態で短絡的に動けば、奴《やつ》は俺を考え無しだと判断するだろうというのもあった。

敵にした場合、奴は手強《てごわ》いと看做《みな》せば時間をかけて慎重に動くし、そうでないと判断すれば烈火のごとく即時に蹂躙《じゅうりん》する性格だ。

今はとにかく時間が欲しい。

――魔法適性の治療法さえ見つかれば、今の俺でも炎神皇に十分対抗できる可能性がある。

それが俺が今回の件について、すぐにはシェリルを従魔にすることはしなかった理由の一つだ。

まあ一番大事な理由はシェリルの状況把握を雑にして、間違った解法を先走って打ってシェリルが命を失ったり……という最悪の状況を避けるためだがな。

ともかく、炎神皇絡みである以上、何が起きているか慎重に判断するのは当然だろう。

「ところで……何故《なぜ》にこんな山の中を指定したのですか？」

「考えてみりゃあ分かるだろ、俺とお前が本気でやりあえば……とんでもないことになる」

ははっと笑ってブラッドは「確かに……」と頷《うなず》いた。

「何故にってことなら、俺も一つ疑問がある。どうしてシェリルの双子の姉の……クレアを殺したんだ？」

「存在の根源《ルートオブルーツ》に至るには、鍵が必要なのですよ」

「……鍵？」

「精霊の力を持つクレア。その魂を食って……私は道の門を開いたのです。クレアも自ら進んで提供してくれましたよ……自らの死期は悟っていたので……シェリルの為《ため》ならとね」

「そして、お前は転生の部屋で女神と出会ったと？」

「そうなりますね」

そうして俺はしばし押し黙り、ブラッドを睨《にら》みつけながらこう尋ねた。

「……スキル・制限解除《キャップフリー》だな？」

「ええ、それと魔力消費零《アビルリソース》です」

やはり予想通りだ。

女神という単語が出て、急に力をつけるとなると答えは一つしかない。

――転生の部屋の女神はスキルを与える能力がある。

四属性のいずれかの魔法において、レベル10までの行使が可能になる——制限解除《キャップフリー》。

そして、レベル10の行使に耐えうる魔力のリソースを提供……いや、消費そのものがなくなる——魔力消費零《デビルリソース》。

まあ、いわゆるチートスキルって奴だな。

そして、転生の女神は魂を司《つかさど》る神であり、魂の変容を促したマギアバーストともつながりがない訳がない。

最初の俺も、二度目の俺も魔法適性が無かったことを考えると……その鍵はやはり女神が握っていることは間違いない。

存在の根源《ルートオブルーツ》とは、すなわち女神へと通じ、スキルを与える道のこと。

まあ、魔法適性も関係してそうなので、他に色々な側面もあるだろうが、少なくとも大筋では間違ってはいないはずだ。

「あと、一つだけ尋ねたいことがある」

「何でしょうか？」

「何故にお前は裏稼業に手を染めた？」

「金が必要だったからですが？」

「質問を変えようか、何故……金が必要だったかと聞いている」

ブラッドが三年前に女神と出会い、絶対的な力を手に入れたなら、そんな方法じゃなくてもいくらでも……やり方があったはずだ。

　それに、魔法学院の成績は下から数えた方が早かったっていう話とも、一致しない。

「……門を開いたのは三年前。しかし、道が開いたのは……先月のことなのです」

「どういうことだ？」

「神はあの後、三年間私のところに現れませんでした。私としても半信半疑になりかけていた折……最近になってようやく新たな啓示を授けてくれましたがね」

　と、そこで俺は肩をすくめて、ブラッドに更に問いかけた。

「なあブラッド？　まだ……騙《だま》されていると気づいてないのか？」

「騙されている？　私が？　どうしてそう思うのです？」

「お前はシエリルを助けるために修羅の道を歩いているんだよな？」

「ええ、その通りです」

「そもそも、炎神皇であれば、その場で双子の二人共を救うことはできたんだ」

「……おっしゃる意味が分かりかねますが？」

「事実、従魔契約で俺は既に、シエリルの命の安全は確保している」

「……え？」

「お前は、初代氷神皇がどうやって子供を延命させていたのかを知らないのか？　何で炎神皇はそんな回りくどいやり方をお前に示した？　その意味を考えたことはなかったのか？」

そこでブラッドは何かに気づいたように「あっ」と息を呑《の》んだ。

「確かに……それは確かに……いや、でも……おかしい。どうして私は……一番最初に調べたそのことを忘れて……」

記憶操作……されてやがんのか？

それに、こいつ自身は恐らく邪法による強化は施していない。が、凶暴性は増していたフシがある。それはやはり、全ては炎神皇の掌《てのひら》の上ということなのだろう。

「し、し、しかしっ！　あの時、確かに神は……この方法しかないと啓示をくださったのですよ!?」

「なあ、ブラッドよ？　炎神皇を……神を名乗った悪魔であるという可能性について、考えたことはなかったのか？」

汗を流し、青白い顔で押し黙るブラッドに更に言葉を投げかける。

「何故、存在の根源《ルートオブルーツ》とやらを……すぐに炎神皇はお前に開かなかった？」

おそらく、炎神皇は似たような方法で……魔法適性無しの人間を探して、手駒を作っている。

他にもこの世界にはそういう人種がいる以上、ブラッドだけが特別と考えるのは道理に合わない。

そしてブラッドにすぐに力を与えなかったのは、そこには理由があるからだ。

力を持った人間が暴走しないように、あるいはそもそもが道を開くという行為は無制限に可能なものではないのかもしれない。

とどのつまりが、利用価値ができた時に利用する……そうでなければ道などは開かないということなんだろう。

「そして一番の理由がこれだ。何故――お前がシェリルを救う為にと、そう教えられた魔法陣には魂を結晶化する術式が組まれてないんだ？」

「なっ……？　それは……事実ですか？」

「古代の魔法陣だからお前本人は分かってないんだろうがな。まあ、どこかに魂を集めるための術式は組まれていることは間違いないがな」

「どこかに集める……？　その場で結晶化すると私は聞きましたが……？」

信じられないとばかりに、大きく目を見開いてプルプルとブラッドは震えている。

「いい加減に気づけ。どう考えてもテメエは炎神皇に良いように使われてるだけだ」

「馬鹿な……馬鹿な……」

「そもそも、シェリルはもう救われている。これ以上妹を泣かしてどうすんだよ……この馬鹿野郎っ！」

やるせない気持ちで言葉を投げかけると、ブラッドはその場で力無く膝をついた。

「じゃ、じゃあ何のために私は妹を……妹の魂を食らったと言うのですか？」

「炎神皇に聞け。奴の真意なんざ奴にしか分からん」

ともかく、ロクでもないことを考えているのだけは間違いねーな。

手段も方法も結果もエゲつない方法で……魂を集めようとしていることから考えると……な。

「それでは私は何のために……今まで……クレアの魂を食らってまで……」

「なあ、ブラッドよ？　お前の進んだ道は間違えていたかもしれないが、その意思自体は間違っちゃいない。妹の為に体を張ったんだろ？　命を奪ったのもシェリルの姉の意思なんだろ？」

そうして、ドンと俺は胸を叩《たた》いた。

「だったら——胸張ってシェリルに会えば良いじゃねえか！　お前の為に兄ちゃんは頑張ったんだって、胸を張ってよ！」

俺の言葉を受けて、ブラッドはその場で泣き崩れた。

「そう……かも……しれません……ね……」

「男の癖に泣くんじゃねえよ、馬鹿野郎」

俺がハンカチを懐から取り出し、ブラッドに向けて歩を進めたところで——

「しかし、私は、私は、私はあああああっ！」

　ブラッドは立ち上がり、興奮しているのか顔中に青筋が浮かび上がった。

　そして、プップッと血管から血が噴き出して、その顔面が血に染まる。

「おい、どうしたんだ……？」

「貴方《あなた》は……嘘《うそ》つきです。嘘つき、嘘つき嘘つきウソツキウソツキイイイイィィ――ツイっ！」

　般若《はんにゃ》の表情で、涎《よだれ》を垂れ流し、鼻水をまき散らし、涙も流れている。

　こりゃあ……良くねーな。

「嘘つきは……シェリルの延命を阻む者は排除……排除排除排除排除排除排除――っ！」

　ああ、もう完全にまともな状態じゃねえ。

　正気を失いやがった。しかし、何だ……これは……この……嫌な感じの魔力は？

　いや、覚えがある、これは……これは……。

　――魔王？

　ああ、そうだ。四皇全員の総力戦でぶっ飛ばしたアレによく似ている。

　つまりは魔王もまた……存在の根源《ルートオブルーツ》を通ったって話……なのか？

と、俺は警戒を強め、後方にバックステップで距離を取った。

そこで――ブラッドはニヤリと笑った。

「はあ、本当に面倒な人間でしたね。精神汚染をもろともせずに、ずっとずっと正気を保ち続けていたのですから」

何言ってやがるんだコイツ……と思ったが、すぐに気づいたので俺はこう尋ねた。

「何者だテメエ？　いや……いつから中に入ってやがった？」

「まあ、三年前ですよ。精霊をこの肉体が食らった日――炎神皇様が私をブラッドに植え付けました」

「……洗脳の類か？」

「御明察。レベル11の洗脳魔法です。私は炎神皇様の分霊のようなものとお考え下さい」

エゲつねえことしやがるな……。

まあ、確かに洗脳よりも確実性が高いのは間違いない。要は頭の中にコントローラーを仕込んでるみたいなもんだからな。

「レベル10の力を授ける上での最低限の保険として種だけは埋めていたということですね。手駒として機能しなくなれば目も当てられませんので。しかし……直接の分霊による操作は本体の炎神皇様の脳の一部を使用しますので、燃費が悪く……ギリギリまで種は発芽しないのですが」

「しかし、俺の知らないエクストラレベルの魔法……か。全く……どんだけなんだよあの赤髪は」

どうにも、炎神皇はこの四百年でサーシャの領域――異次元のレベルに到達してやがるらしい。

思わず俺は「ハハハ」と笑った。

「どうしたのですか雷神皇？　我が主の神技に畏敬を抱き、諦観の笑み……ということでしょうか？」

「いいや、逆だ。高い山の方が――登り甲斐《がい》がある。この世界にきてからまともな魔術師はサーシャとマーリン以外見てないからな。こんな鳥肌が立つような奴《やつ》がいて……俺は嬉《うれ》しいんだよ」

「聞きしに勝る戦闘種族のようですね、貴方は」

「生憎《あいにく》とコレが性分でな。ところでだ、その魔法の効果だが――見たところ、意識の主体を奪うだけで、体や魔術の性能、あるいは魔術知識はブラッド本体を基にしているってことで間違いないな？」

「ええ、分析された通りですよ。流石《さすが》に分霊を作成する際に一から人格を作り上げ、経験と知識を与えるのは我が主でも骨が折れ、そして燃費が悪すぎます。とはいえ一部、任務に必要な情報は直接、ブラッドではないこちらの方の人格に与えられておりますがね」

「なるほど……な」

「それでは……貴方を殺して、ここで終わりですね」

と、そこでブラッドは両掌《りょうて》をこちらに向けた。

術式の構築も、魔力の発動もせずに、ただレベル10の発生を宣言する為《ため》に。

「俺を殺す……か。まあ、できるもんならやってみな」

「レベル10である究極魔法：氷神皇《アイザック》、そして貴方のレベル10：雷神皇《エフタル》。その性能差はご存じでしょう？」

「確かに、アイザックと俺では……魔術比べでは奴の方が上だった」

「そして、互いの最強の技の性能差もまた同じです。四皇最弱――それを知らない貴方ではないでしょう？」

「御託は要らない、とっととかかってこい」

そうしてブラッドはただ一言――かつて四百年前に氷の皇帝と呼ばれ、魔王軍を恐怖のドン底に叩《たた》き落とした男の名前――最強の氷結魔法の名前を告げた。それはつまり――

「レベル10：氷神皇《アイザック》！」

巨大な氷柱《つらら》が俺に向けて放たれる。

が、これは一日置いておく。何故《なぜ》ならば、この魔法で一番厄介なのは——上空だからだっ！

予想通り、上空から猛烈に降下してくる魔力の塊が感じられる。

高度十キロの成層圏……その温度は摂氏マイナス七十度。

その凍《い》てつく空気の塊を風魔法で一気に下方——地上まで運び、その間に氷系の魔法制御でマイナス七十度の冷気を更に氷結。

つまりは、氷結の極限——絶対零度まで下げる。

そして最終的に地面に吹き荒れるは、絶対零度の大規模ダウンバースト。

烈風と共に周囲の全てを凍り付かせ、氷像芸術に変えてしまうという趣味の悪い技だ。

ちなみに、俺はこれ以上の広範囲殲滅《せんめつ》魔法を今のところ知らない。

——つまり、氷柱による直接攻撃と上空から舞い降りる死神の二段構え。

それこそがレベル10：氷神皇《アイザック》の正体だ。

最初の氷柱はレベル9程度の威力で、それ自体で対処が難しいものでもある。

しかし、それに気を取られていると、不意打ちで上からの絶対零度に氷漬けにされてしまう。

正に初見殺しってやつだ。

自身は石橋を叩いて渡り、敵が渡る石橋には叩いてヒビを入れておく。ま、アイザックの性格が良くでている技だな。

「ははっ！　はははーっ！　地上ではレベル９の氷柱が！　そして、頭上からは本命の絶対の氷結が！　これぞ……これぞ至高なりし、レベル10なのですっ！　貴方のような魔法適性のない……劣等の四皇の作り上げたものとはワケが違います！」

「ま、とりあえずは氷柱だな」

と、俺は術式を練り上げ始める。

「何をするつもりか知りませんが、せいぜい抗《あらが》いなさい！　囮《おとり》と本命の関係を知っていたとしても、絶対零度のダウンバーストは到底抗えるものではないですがねっ！」

まあ、氷柱に気を取られてなくても、ダウンバーストだけで普通はおしまいだ。

広範囲にわたる逃げ場なしの、文字通りの絶対氷結だしな。

オマケに防御魔法の効果を薄める術式も幾重にも仕込まれていて、防御も難しい。

で、俺が初手で取った行動は——

「レベル７：四精霊極大防御陣《エクストラマジックガード》！」

迫りくる氷柱は俺のレベル７にぶつかり、大気中へと四散していく。

「なっ……!?　レベル９の氷柱が……レベル７で？」

そうして俺は再度、視線を空に移しながらこう言った。

「あいにくだが小僧。俺は良く知ってんだよ……本当のレベル10。本当の……究極魔法‥氷神皇《アイザック》をな」

すっと、上空に掌《てのひら》を伸ばす。

「初めてコレを見た時……妬ましかった、羨ましかった。そしてそれ以上に素直に――凄《すご》いと思ったもんだ」

今現在、空気塊は上空二千メートル位……で、気温はマイナス百九十度ってところ。

そして――。

上空から急降下していく氷結の空気――否《いや》、魔力の塊に干渉する。

アイザックの構築した下降気流を生み出す風の術式制御に、俺の上昇気流を生み出す風の術式制御で介入――いや、相殺。

続けて、空気を冷やす氷系術式制御に、俺の炎の術式制御を上書きして相殺。

元々の温度がマイナス七十度だから、追加で八十度位プラスしておこうか。

良し、完了。

で、今現在……空気の塊は五百メートル。そうして、その結果、どうなるかというと――

「さすがに……ちょっと寒いな」

周囲の樹木がざわざわと風に揺れて、小さな葉音がそこらで鳴った。

ま、つまりは少し冷たいそよ風が天から降り注ぐって寸法だ。

「ば、ば……バカ……な？　術式に……介入？」

「魔術式の意味すら理解しておらず、上っ面だけを撫《な》でただけ。中身を分かってないもんだから、介入に対して抵抗できずに無力。そんなハリボテのレベル10が俺に通用する訳がないだろうが？」

「馬鹿な……そんな……馬鹿な……」

「魔術の道は一日にして成らず。身の丈に合わない特大ド級の大剣を渡されて、ガキみてえに喜びまわっていただけなんだ。テメエはよ」

まあ、俺がどっちかっていうと術式マニアの学者肌で、こいつの運が悪かったってのもあるけどな。

と、俺はブラッドに掌を向ける。

「おい、小僧？　お前……レベル9の絶対氷壁《パーフェクトアイスガード》を使えるか？」

「……つ、つ、使え……使えますが？」

「ハンデをやる。今回は介入はしない。抗ってみせろ」

洗脳を解くにはショックと昔から相場が決まっている。

ましてや電気ショックならば尚更《なおさら》のことだ……と、そういえば、昔にそんなこともあったな。

と、そこで俺はクスっと笑ってしまった。

一度、似たような状況になった時、あの時はアイザックと組んで……宗教関係の組織を潰したんだったか。

で、その時にもこんなやり取りがあった。

『洗脳を解くにはショックと昔から相場が決まっている。電気ショックならば尚更のことだ』

『エフタル!?　いくらなんでも豪快すぎますよ!?　自分で無茶《むちゃ》苦茶言ってるの分かってます!?　そんな無茶で何とかなる訳ないでしょうが!?』

で、それで何とかなっちまったんだから始末が悪い。

まあ、俺としても理屈をベースにした予感があったからやったんだけどな。

で、後から納得いかないアイザックが研究して、洗脳に雷が本当に効果ありと完璧な論文で結論をつけたんだから……本当にアレも理屈馬鹿だ。

――さて、考え事をしている間に術式構築も完了。

俺の掌に雷気が宿ったところで、ブラッドはヘナヘナとその場に倒れこんだ。

「この高純度の……美術品ともいえるような魔力……生み出される威力は私のものと比べるべくもない。これが……これが――」

「ああ、見せてやる本物をな。洗脳術式だけを焼くつもりだからギリギリで殺さない予定だが——気を抜くと逝っちまうぞ？」

「あ、あ……あっ……！」

ブラッドが絶対氷壁《パーフェクトアイスガード》を張ると同時、地上に雷神の力が顕現する。

「——レベル10：雷神皇《エフタル》っ！」

☆★☆★☆★

「……憑《つ》き物が落ちた気分です。妹を……シェリルを救ってくれてありがとうございます」

しかし、昔から俺の雷は大抵のことは何とかしてくれるな。

ぶっ放せば何とかなっちまうもんだから、多用してリアル雷神皇《カミナリサマ》とか弟子に陰口叩《たた》かれてたんだが……と、それはさておき。

とりあえずブラッドは重症位でとどまってくれたから、完全回復《パーフェクトヒール》で喋《しゃべ》れる状態になった。

しかし、マーリンとは鍛え方が違うせいか、思いのほかヤワだなコイツ。

体は大体治ってるはずなのに、まだ起き上がれないってのもな……。

「礼ならアイザックに言ってくれ。で、女神に会ったときのことを詳しく教えてほしいんだが……」

「女神？　ああ、それは——」

と、そこでブラッドの頭がドス黒い何かに包まれた。

「おいおいマジかよ……そこまでやるのか炎神皇」

そうして、ブラッドの鼻と耳から、恐らくは脳味噌《のうみそ》から湧いたと思われるドス黒い魔力が蛇のように這《は》い出てきて——すぐに消えた。

「……やられたな」

「やられた？　ああ、ところで何の話でしたっけ？」

「女神の話だ」

「女神？　何のことでしょう？」

本当に炎神皇も良い性格してやがる。まさか……二重の保険だとは思いもしなかった。

——レベル10：記憶簒奪《カースオブファラオ》。

今、ブラッドは機密保持の為に、関連する記憶を消去されたってところだ。

俺も見るのは初めてで、時限式に発動するコレは、四百年前の時代でも……文献でしか存在が確認されていないシロモノだ。

「なら、赤髪の少年についての記憶は残っているか？」

しばしブラッドは何かを考え「記憶にありません」と言いかけたところで——

「オルコット……オルコット公爵領に今から僕は向かう。そんな言葉が何故か頭に浮かびました」

なるほど、そうつながるのか……と俺はため息をついた。

どうやら、様子見だなんて、そうは問屋が卸してくれない状況らしいな。

——これは間違いなく炎神皇からの招待状だ。

奴《やつ》は最初からこの状況を想定して、俺にメッセージを残しておいた。

つまり……セシリアやフレイザー、そして今世での母親への危害を仄《ほの》めかしている。

「さあ、面倒なことになってきたな……」

まずは魔法適性の治療法と、それ以外にも恐らくは……かなりの事情を知っているであろう、サーシャの口を何が何でも割らせないと話は始まらなそうだ。

と、俺はやれやれと肩をすくめたのだった。

それで――。

魂食らい《ソウルイーター》の魔法陣についても、帰り道すがら僕が要になるところは潰しておいた。

邪法の術式でクラスメイトを強化していたのも、恐らくは……というか、これは間違いなく炎神皇だね。

と、いうのも邪法強化は本人の同意を必要とする訳だ。クラスメイトの四人が揃《そろ》いも揃って、切羽詰まって寿命を賭けてまでの強化を望むとは考えられない。

そうであれば……本人の記憶のレベルから意識を操作する訳だから、レベル10相当の洗脳魔法しか考えられない。

炎神皇は洗脳や記憶操作を多用しているようだし……まあ、そもそもが今の時代にそんな芸当ができる人間は限られてくるので、奴で間違いないだろう。

何故《なぜ》、炎神皇がそういうことをしたかというと、恐らくは集客の関係だ。

決勝戦は魔法学院で行われ、ダークホース的な存在が決勝まで残ったとなれば学校内外から見物客は増える。

そうして集めた人間の魂を一網打尽……と、そんなところだろうね。

ちなみにブラッドに関しては自身がレベル9以上の魔法を扱えることすらも忘れてしまったようだ。

色々と思うところはあるけど、まあ……今後は彼は平穏かつ、まっとうな人生を歩んでいくだろう。

と、まあそんなこんなで、決勝の最終戦の会場に僕はやってきた訳なんだけど――。

「はは、ボロボロじゃないかマリア」

闘技台の下すぐのところに設置されている控えのテントで、僕は苦笑いと共にマリアにそう呼び掛けた。

「でも……勝ったわ」

ん？　闘技場の舞台上に爆発の跡と、オイルがまかれた形跡もあるね。

で、チラっとマリアの荷物を見ると即効性の眠り薬の香があった。

模擬弓からは痺《しび》れ薬の臭いもするし……。まあ……本当に色々と小細工したんだろうねと、思わず笑ってしまった。

「とりあえず、お疲れ様ってところだね」

と、そこで、匿名希望……というか、アゲハ蝶《ちょう》の仮面を装着した、学生服コスプレのマーリンが大きく頷《うなず》いた。

「ちなみに私は不戦敗です」

「いやエフタル……マーリン様凄《すご》かったのよ。相手の猛攻を全部指パッチンの防御魔法で防いで、相手が絶望して半泣きになってギブアップしようとしたところで、慌てて相手の口を塞いで、自分からギブアップっていう……あんな負け方をみたのは私の人生初よ」

おおマーリン……。

滅茶苦茶《めちゃくちゃ》悪目立ちした感が満載なんだけど大丈夫なのだろうか……。

いや、僕たちは既に十分に目立ってるから、それ位ならもう構わないのかな……とほほん。

「マーリン？　分かっているとは思うけど、対戦相手のあの子たちのフォローはよろしく頼む。寿命は縮んでいるだろうけど……可能な限りね？」

「既に調査済みです。数年は縮んでいるでしょうが、大勢には影響なしかと。若者特有の暴飲暴食などを今後はやめさせるような……そんな健康的な生活を徹底させれば、平均寿命はむしろ延びます」

「うん、なら良かった」

「ちなみにですが凶暴性については既に処置をしています。前回は対象者への施術が不明だったのですが、調査で既にアタリはついていましたので……」

「状態回復魔法を使ったってこと？」

「試合前に精神汚染だけは解いておきました。なのでやりすぎたりと……今回はそういうことはないでしょう」

「なら、僕は弟子の成長を見ているだけで良いってことだね」

格上相手にこの子達がどういう風に戦うのか、興味があるんだよね。勝って当たり前の試合をさせても、意義ある経験にはならないし。と、その時、会場内に歓声が響き渡った。見ると、舞台上にはアナスタシアと眼鏡の学生が立っていた。どうやらこの試合からは僕もフルで観戦ができそうだね。

そうして審判の合図と共に、オドオドした様子でアナスタシアが眼鏡の男に呼び掛けたんだ。

「あ、あ、あの、その、えと……お話を聞いてくだしゃいっ！　お願いがあります！　私は……女の子なんです！」

「うん、君は確かに女の子だね」

「顔を傷つけられると……お嫁にいけなくなって困るんです……」

「ふむ……」と、そこで眼鏡の男はアゴに手をやった。

「言っていることは分かるがここは戦いの場だ。傷つかない方法などないだろう？　君は何が言いたい？」

と、そこでアナスタシアは小さく頷いた。

「ルールを作りたいんです」

「ルール？」

素っ頓狂な声をあげて男は小首を傾《かし》げた。

「そうなんです。顔面はナシのルールにしてほしいんです」

「顔面……ナシだと？」

「何を馬鹿なことを——」と、男が言おうとしたところで、アナスタシアは上目遣いに——瞳をウルウルとさせた。

「お願いします……顔だけは……顔だけはやめてください」

アナスタシアは押し黙った。そして生まれたての小鹿のようにプルプルと震えて、精いっぱいの哀れみを誘う声でこう言った。

「……私の夢は可愛《かわい》いお嫁さんになることなんです」

男はその姿を見て、少し頰《ほお》を染めてコホンと咳《せき》ばらいを一つ。

「か、仮にだ。物理攻撃ではそのルールを作ることができても、魔法の場合は無理だろう？」

まあ、魔法は範囲攻撃がデフォみたいなところあるからね。男の意見は至極尤《もっと》もだろう。

「魔法は範囲爆撃は仕方ないので……模擬剣だけで良いんです」

「ああ、分かったよ」

と、男は小さく頷いて、そこで再度コホンと咳ばらいを一つ。

「君……名前は？」

「アナスタシアと言います」

「うん、アナスタシア……か、可憐《かれん》な名前だね。それじゃあ今度……頃合いを見て、三年である僕が君に魔法のレッスン……個人指導をしてあげよう」

そこでアナスタシアの顔が「パアッ」と、花が咲いたように明るいものになった。

「本当ですか？」

と、何だか嬉《うれ》しそうなアナスタシアを見て、男は「良しっ！」とばかりにギュッと拳を握った。

「それじゃあ試合は本気でやりますので、お互いに真剣勝負でお願いします」

「ああ、君のことを僕は悪くは思っていないが、それはそれ、これはこれだからね」

で、まあ――そんなこんなで試合が始まった訳だ。

まず、魔法剣士である男がレベル４の風魔法……横薙《よこな》ぎの風の刃を放った。顔面ナシのルールは魔法には適用されていないはずだけど、男はアナスタシアに気を使ったらしく足元を狙っていた。で、アナスタシアは――

「レベル２：足場《エアーステップ》」

空気の足場を使って、地を這《は》うような風の刃を飛んで避《よ》けた。

「良し！　かわしたわ！」

そのままアナスタシアは全力で舞台上を駆ける。

相手から風の刃が無数に飛んでくるけど、時には防御魔法で、時には足場を作ってアクロバティックに、そんな感じで見事な動きで距離を一気に詰めていく。

相手がレベル5を使える以上、遠距離での魔法ならば分が悪い。ならば、懐に飛び込んで剣で押し切るというのがアナスタシアの戦略のようだね。

「上手《うま》い！」

マリアの言葉通り、上手い具合に相手と距離を詰めたね。

「いや、良くないな」

相手の剣術も中々の次元に達していて、やり手のようだ。

無数の剣閃《けんせん》が空中で相互に飛び交い、かなりハイレベルの剣術の攻防が繰り広げられている。

「え？　見た感じアナスタシアが押してない？　このまま押し切れそうな感じだけど？」

「実戦の刃物だったら、アナスタシアは三回はあの学生の命を奪っている……けどね」

そう、男はパッシブで強力なレベル5物理防御魔法を使っている。

模擬剣って、結局は木刀だからね。

実際、アナスタシアは何度も攻撃をクリーンヒットさせているけど、男はそれほどにダメージを受けていない様子だ。

　それにアナスタシアはスピード特化というのもある。身体能力強化を使っていても、力そのものは弱いので、鈍器としての木刀では相性が悪い。

　そして、男の剣は強大な膂力《りょりょく》を背景に振り回されていて……今まではアナスタシアは全てかわしているけど、一度でも攻撃を貰《もら》ったらおしまいだろう。

「攻撃を首から下に限定したのはアナスタシアの悪手だったかもね。頭部に対する攻撃ならダメージも通っていたかもしれないけれど」

「確かに……鈍器って考えると頭部を狙えないのは痛いわね」

「まあ胴体部分でもノーダメージってことはないだろう。けど、戦闘不能に追い込むには程遠い」

　と、そこで男は勝ち誇った表情を作った。

「さあ、ギブアップしなさいアナスタシアさん！　僕は可憐な女性を傷つけるような悪趣味は持っていない！」

　男は防御に絶対の自信があるのか、両手を広げてアナスタシアに向けて胸を張った。

　それはまるで、打ってこいと言わんばかり……と、いうか実際に打ってこいってことなんだろうね。

　そしてアナスタシアの攻撃を受け切った上で、戦意喪失のギブアップ宣言を勝ち取ろうというところだろう。

遠距離の魔法では男に分があるのは明らかで、近距離でもアナスタシアには打つ手がない。と、なれば……まあ、紳士的と言えば紳士的ではある。

「ギブアップはしないんです！」

そうして、アナスタシアは男の胸に向けて、模擬剣で突きの態勢を作った。

「ですから、貴女《あなた》の力では僕を傷つけることは――なっ⁉」

アナスタシアは突きの姿勢から一転して上段に模擬剣を振り上げる。

そして、隙だらけの相手の顔面に向けて――って、え？　頭に向けての上段打ち下ろしっ⁉

僕もマリアも、そして対戦相手も唖然《あぜん》として――バシーン！　あの子……全力で頭から打ち下ろし決めちゃったよっ！

「顔面無しの真剣勝負なんてありえないんですよ！」

き、き、き……汚い！

――これは汚い！

パクパクパクと僕とマリアはその場で大口を何度も何度も開閉させる。

そしてアナスタシアは苦悶《くもん》の表情を浮かべる対戦相手に向けて、そのまま剣を下段に構

えて、そして……上へと切り上げる。

狙う先は股の間、つまりは――男の最大の泣きどころに狙いすましたかのように綺麗《きれい》な一撃が入った。

うわぁ……アレは痛い。絶対に痛い。

見てるこっちまで背中にゾクゾクと粟《あわ》が立ってくる感じだ。

「カッ……ハッ……ッ！」

そして、自然の摂理に従ってドサリ――と、対戦相手はそのまま倒れる。

「医務職員！　医務職員を呼べっ！」

「あの娘……容赦ねえ！　このままじゃアルフレッドの将来が大変なことになっちまうかも！　急げっ！　急げっ！」

と、そんな感じで対戦相手一同は阿鼻叫喚《あびきょうかん》の叫びをあげていた。

で、当のアナスタシアは、ぴょんぴょんと嬉《うれ》しそうにその場でジャンプしていたんだ。

「やったー！　勝ったんですー！　嬉《うれ》しいんですー！　やったー！　やったー！　やったんですー！」

満面の笑み。底抜けの笑顔。子供のような天真爛漫《てんしんらんまん》なはしゃぎっぷり。

そんな感じでぴょんぴょん飛び跳ね、全力で喜びを表現しているアナスタシアに――唖然とする僕とマリア。

流石《さすが》にここまでいくと喧嘩《けんか》が上手いとかいう次元を超えているね。そう、これは喧嘩が上手いとかではなく——

——外道以外の何物でもないよ。

と、そうしてぴょんぴょんと飛び跳ねながら、アナスタシアはやっぱり底抜けの笑顔で僕に向けて大声でこう言ったのだ。

「ご主人様ー！　私はマリアさんとご主人様が仲良くするのを快く思ってないですからねー！」

え？　このタイミングであんなことを何故《なぜ》言うんだろうか。

それに、心なしか……目の奥は笑っていないような……？

と、そんなアナスタシアの言葉を受けて、蒼白《そうはく》の表情でマリアは頷《うなず》いた。

「ねえエフタル？　前から思ってたことで、今回で確信に近いものに変わったんだけどさ……アナスタシアってさ……普段のほわほわな感じが演技で、実は戦闘の時のアレが本性じゃないかと私は思うのよ」

「……腹黒ってこと？」

「……あくまでも確信に近いというレベルであって、確定ではないけどね」

確かに僕も薄々とはそんな気がしていたんだ。何ていうか、あざとい瞬間は多々あるし、戦闘になった瞬間に急に頭が回るのもおかしい。

そもそもが裏街道を歩き、人を欺いてアーティファクトとかを盗んでいた子だしね。そう考えると何だか底抜けの笑顔が怖くなってきた。

いや、だがしかし、僕はアナスタシアを信じたい。マーリンに駄犬と罵られ、テンパっちゃうと噛《か》んじゃう癖のある……そんな、ほわほわな感じの彼女を信じたい。

うん、マリアの杞憂《きゆう》であることを祈ろう。

そう思い、僕はなるべくアナスタシア腹黒説については深く考えないでおこうと、小さく頷いたのだった。

と、そういう訳で、後は最終戦を残すのみとなったね。

ちなみに今のところの結果をまとめてみようか。

・先鋒《せんぽう》：マーリン（空前絶後の圧倒的敗北（マリアの談））

・次鋒《じほう》：マリア（どうやら工夫して勝ったらしい）

・中堅：アナスタシア（外道勝利）

外道勝利とか圧倒的敗北とか、とにかく凄《すご》いことになってるみたいだね。

マリアの試合は見てないけど、錬金術系の痺《しび》れ薬とか魔法補助の着火物みたいなもんはルール内だとセーフだし、ここは問題ないだろう。

アナスタシアも……本当の戦場なら当たり前のことをやっているだけなので、別に後で怒ったりするような類のものではない。褒められたものではないけど、後ろから刺すのは弱者の知恵だし。まあ、酷《ひど》いけど。

で、次が最後だね。双方の不戦敗により引き分けが決まった大将戦、つまりは僕とブラッドの試合は事前の申し出によりなかったことになっているので、最後のこの試合が事実上の最終戦となる。

とりあえず今のところ二勝一敗なので、ここで負けても引き分けだ。

しかし、もしも二勝二敗の引き分けになったらどうなるんだろう……。とか、そんなことをチラリと考えたけど、それは杞憂だった。と、言うのも——

「……レベル５：紅蓮《スカーレットフレイム》」

「レベル５：精霊防御陣《マジックガード》」

舞台の上ではシェリルと巨漢が戦っているというのが現状だ。

互いに純粋な魔術師として勝負する感じで、模擬剣や模擬の弓などは使っていない。

どうにも離れた場所から延々と魔法を撃ち合うストロングスタイルを、双方の無言のやり取りで採用したらしい。

ちなみにこれは前世の僕が好んでやっていた試合形式でもある。

「……レベル5：風魔刃《エビルカッター》」

「レベル5：精霊防御陣《マジックガード》」

シェリルの風の刃が防御魔法に防がれる。

とはいえ、相手は所詮は付け焼刃のレベル5だ。基礎から学んでいる訳ではないので、術式構成の速度から、技の完成度から何から何まで本物のレベル5とは程遠い。

対するシェリルの魔力操作や術式構築は正統派のクラシック。

教科書通りの正にお手本のような――惚《ほ》れ惚《ぼ》れするような綺麗な芸当となっている。

「……レベル5：紅蓮《スカーレットフレイム》」

と、シェリルが第三弾を繰り出したところで、自身の防御魔法が間に合わないことを悟ったのか、男は――

「レベル3：風精霊陣《ウインドガード》」

風の魔法で一瞬だけ炎を受け流し、その隙に体を動かして魔法を避《よ》けた。

そして、そのまま魔法の撃ち合いを放棄し、シェリルに向けて走り始めたんだ。

つまりは先ほどのアナスタシアと向こうの学生のやり取りを、今度は立場を逆にしてやろうとしているって感じだ。

確かにシェリルは九歳だし、近接戦闘に持ち込めば簡単に倒せそうではある。だけど……と、僕はニヤリと笑った。

「その足じゃ、シェリルが本気を出したら間に合わない」

そうして男が数歩駆けだしたところで、シェリルはすっと掌《てのひら》を掲げた。

「……レベル５：風魔刃《エビルカッター》」

寸止めって状況だね、これでシェリルが魔法をいつでも放つことができる態勢が整った。

そのことを察したのか、男の足もそこで止まった。そして、信じられないという表情でその場で茫然《ぼうぜん》と立ち尽くしている。

「何だ……そりゃ？　何だよそのスピード……は……」

「……初弾と次弾は様子見。三弾目は全力で最速で術式を構築した。ただそれだけのこと」

「俺たちが……使っていたのは……レベル５だった……はずだ。レベル１の魔法を……使ってるんじゃないんだぞ……？　そんな速度……ありえ……ね……え……」

「……それは違う」

「違う？　何が違うって言うんだ？」

「……それは貴方《あなた》が……まるでレベル５を使いこなせてはいないだけ。きちんと理解していればこれ位は普通にできる」

そうしてシェリルは僕の方を見て小さく頷いた。

「……いや、もっと早く……もっと強く……もっと凄いことができる人がいる。技術の裏打ちとはそういうことだ」

「うぐっ……」

ぐうの音も出ないとは正にこのことという感じで男は言葉に詰まっちゃったね。

「……どうする？　まだやる？」

掌を男に向けたままシェリルは問いかけ、そして男はガックリとうなだれてその場に膝をついた。

「……ギブアップだ。勝てる気しねえよ」

ってことで、この瞬間にどうやら僕たちの優勝が確定したようだ。

何だかんだでシェリル達三人だけで全勝しなければいけなかったので、僕も実は心配していたんだよね。

まあ、ここは素直に胸を撫《な》でおろしておこうかな。と、そこでマーリンは「ふっ」と笑った。

「しかし凄いですねシェリルは、この学院で……多くの学生を見てきましたが、これほどの麒麟児《きりんじ》を見たのは初めてです。これが精霊の血を引く者の才能……ということでしょうか」

マーリンの言葉を受けて、僕は首を左右に振った。

「それは違うよマーリン」

「と、おっしゃいますと？」

「才能なんていう言葉だけで片付けちゃいけない。シェリルの部屋を見たことはない？　彼女は常に魔導書を読んで研鑽《けんさん》を重ねていた。実家を見返すため、ブラッドを止めるため、ずっと……ずっと一人でね」

「……」

「魔力枯渇の状況下、報われない努力と分かっていても、彼女は魔導書にあたることをやめなかったんだ。それは尊敬に値することだよ」

そうして僕は大きく頷いて断言した。

「今、彼女は、彼女が歩んできた道に対して正当な評価を受けているに過ぎないんだ」

努力は裏切らない。

そう、他の何が裏切ったとしても、鍛えた肉体と研鑽を重ねた魔導だけは絶対に自分を裏切ったりはしないんだ。

僕の言葉でマーリンは唇を噛《か》み締《し》め、そして恥ずかしげにうつむいた。

「ええ、そうですね、その通りです。貴方もまた不断の努力で四皇まで昇りつめた訳ですからね」

「まあ、才能もあるのは間違いないけどさ」

しかし、本当に凄いな。九歳というあの年齢で完璧にレベル5を使いこなしているなんてね。

それも、エフタル一門を思わせるような連打の速度で……だ。

「とりあえず、これが魔力枯渇がない本来のシェリルの実力ってことか。ねえマーリン？　後、十年もすると君でも手に負えなくなるんじゃない？」

「まあ、二年で私の足元……十年で胸元といったところでしょうか。私のような成長速度の遅いヴァンパイアの種族からすると……素直に羨ましいと言っておきましょう」

と、試合を勝利で飾ったシェリルが舞台から降りてきたところで——でっぷりと肥えた派手な貴族衣装の男がこちらに走ってきた。

「マーリン？　あの人は？」

「シェリルの義理の父ですね」

うんざりだという風にマーリンはそう言った。

「……え？　どういうこと？」

「勘当した娘が学院の最終戦に残ったと聞いて、掌を返して慌てて様子を窺《うかが》いにきたのです。先日、特等席を用意しろとの連絡があり……職員からはゴリ押しが酷《ひど》かったと聞いています」

「……っていうか何であの人、関係者以外立ち入り禁止のこの場所に普通に入ってきてるの？」

「入口の職員が公爵という爵位に屈したのでしょう。後で担当者を処分しておきます」

そうして、僕たちのところにシェリルの義理の父……というか、とある国の公爵が到着したんだけど——

「はは、ははは！　天才だ！　やはり、我が娘は天才ではないか！　九歳でレベル5の行使など聞いたことがない！」

「……」

そうして、公爵は鼻息を荒くしてシェリルの腕を乱暴に摑《つか》んだ。

「さあシェリル！　一緒に帰ろう！　三年も無駄足を踏んでしまったからな！　今からお前の強化メニューの続きをしなくてはならん！　家に帰り、次は東方の魔術を学びに行く手続きを——」

「……私も兄さんも勘当されたはず。私は無能だと貴方に言われたので」

「お前は実力を見せたではないか！　なあに昔のことは気にするな、確かにお前は無能だった、だがそれは一時期のことで——今は有能ではないかっ！」

ガハハと笑って、シェリルをそのまま引きずるように男は歩き始めた。

「さあ、更なる優秀性と性能を見せろ！　お前は魔術師としての当家の勇名を——世界に轟《とどろ》かさなくてはいかんのだからなっ！」

さて、これは良くないね。

と、僕は立ち上がり公爵に向かって歩を進め、そしてその肩を掴もうとしたところで――

――パコーンっと乾いた音。

何が起きているのかを見て僕は思わず笑ってしまった。

「ははっ、やるじゃないかシェリル！」

そう、それはシェリルのアッパーカットが公爵の顎を打ち抜いた音だったのだ。

そうして、顎をやられて脳を揺さぶられた公爵は、そのままストンと膝を曲げて、ドサリと地面に崩れ落ちる。

「アギュっ……！　しぇ、しぇ……シェリル？　今、何を……？　殴った？　殴られた？　私が？　娘に……殴られた？」

「……私はもう貴方の家には戻らない。いや、戻りたくない」

そのままシェリルは、マーリン……というか僕たちの屋敷の方角の空を指さした。

「……私の家なら……帰る場所なら……もうあるから」

「しぇ、しぇ、シェリル……何を？　何を言っている？　赤子のお前を買うのに幾ら使ったと思っているんだ？　お前を飼育するのに幾ら使ったと……思っているのだ？」

そうしてシェリルは「……飼育？」と、公爵をまるで汚物を見るような目で睨《にら》みつけ

――

「……黙れ。豚野郎」

　その言葉を聞いて、僕だけじゃなくてマリアもアナスタシアも「クスっ」と笑い声を漏らした。

　と、そこで――いつの間にか消えて、そしてこれまたいつの間にか着替えを終えたマーリンがこちらに向けて小走りで駆け寄ってきた。

「公爵……私は当学院の学長のマーリンと申しましてね」

「ど、ど、どうなっているんだ！　お、お前はどんな教育を娘に施しているのだ！　公爵家として……この学院の教育の在り方について抗議させて貰《もら》うからなっ！」

　男の剣幕《けんまく》に「はてな」と、マーリンは芝居がかった風に小首を傾《かし》げる。

「おや、これはおかしいですね？　以前、公爵家にシェリル学生の学費免除期限が切れた後の、今後の扱いについての確認の手紙を送った際『学費の振込みはしない、当家とシェリルは縁を切っており、何の関係もない』との……返答だったはずですが？」

「ああ、そんな手紙もあったかもしれんな」

「それがどうした？」と言わんばかりの態度に、マーリンは声色を少し変え、ピシャリと言い放った。

「正確に言えば特待生の学費免除期間は三年です。それ以降についてどうするか……その旨の質問状の返答で、記録にも残っております。そちらからの回答については、縁は切ったので煮るなり焼くなり、当学院でシェリル学生の身柄は対処されたし……とのことでしたね。と、いうことですので、シェリル学生の意思を尊重すべきと愚考しますが？」

「阿呆《あほう》か貴様は！　状況が変わったのが見て分からんのか？　娘は手放さん！　絶対に手放さんからなっ！」

その言葉で遂《つい》にマーリンのコメカミに青筋が走った。

いや、むしろ今までマーリンが大人しかった方が僕的にはミステリーなんだけどさ。

「さて、この手の輩《やから》に丁寧な言葉遣いは要らんな。一度身柄を好きにしろと言われたからには、好きにさせてもらう」

「何だ貴様……その言葉遣いはっ！」

「現在、シェリル学生は当学院の管理下にある訳だ。つまり貴様は——学長である私の庇《ひ》護《ご》下《か》にある者を無理やりに連れていく……いや、誘拐するつもりだとでもいうのか？」

「ゆ、ゆ、誘拐？　娘を連れ帰って何が悪い！」

「縁を切ったのだろう？　手紙で記録にも残っているぞ？　魔法学院からの正式な公的質問文書の……その回答としてな」

「先ほどから黙って聞いていれば、たかが学長ごときが良い気になって勝手な理屈を……っ！」

勝手な理屈って……。そもそも黙ってないし。

いやはや、この言い草は酷《ひど》い、あまりにも酷い。

同じことを思ったようで、アナスタシアもマリアもポカーンと大口を開いているね。

「それに公爵である私を貴様などと……お前は私を誰だか本当に理解しているのかっ！」

「私は魔族だ。人間の公爵などに気を遣う必要もない――そもそも、ここは貴様の所属する国ではないだろう？」

「……どうやらお前は公爵の不興を買うという意味を知らん風に見えるな？」

「痴《し》れ者《もの》が……。これ以上、無理筋を通そうとするならば、国に帰って騎士団でも魔術師団でも何でも良いから連れてきて、公爵家の全武力をもって私に仕掛けてくるが良い。その場合、私個人の武力で迎え撃たせてもらおう」

マーリンの言葉で「は？」と、公爵はポカンとした表情を作った。

「お前……本当に学長か？　個人の武力で迎え撃つだと？　それは冗談で言ってる訳では……ないのか？」

「ああ、大真面目だ。それに貴様こそ、この学院について知らないようだな？」

「この学院のことを知らないだと？」

そうしてマーリンは大きく頷《うなず》いた。

「瞬連の雷神という通り名を聞いたことがないか？　百年前の大戦ではどこぞの小国の魔

術師団の一つや二つは……一人で潰したことがある。ああ、そういえば——貴様の所属している国と同じような名前の国に所属している師団もいたな」

見る間に男の顔が青ざめていく……っていうか、マーリンって世界的に有名みたいだね。魔族の英雄と呼ばれていることは知っていたけど、昔の戦争か何かで相当に暴れまわっていたらしい。

「……瞬連の雷神……？　我が公爵家の誇る魔術師団を……単騎で壊滅させた……初代雷神皇の技を受け継ぐ——魔女：マーリン？」

「いかにも、エフタル学派最古参にして筆頭のこのマーリン——売られた喧嘩《けんか》は買う主義だ。いや、今、この場で公爵という個人と、マーリンという個人で喧嘩をするということでも構わん。貴様もまた魔術師の端くれなのだろう？　私と一対一で向き合うというのならば、度胸を買ってやらんこともない」

「うぐっ……ぐぬぬ……」

いやはや、ぐぬぬって本当に言う人を僕は初めて見たかもしれない。

とりあえず、この手の輩は権威とかに弱いからね。

本人は戦場とか血なまぐさいことには最も離れた場所にいることが多いし、直接的な暴力を匂わせたのも効いてるだろう。

「さあ、どうするのだ？」

と、そこでマーリンに睨みつけられて、公爵は踵《きびす》を返した。

「くっ……きょ、今日のところは……これ位で勘弁しておいてやるっ！」

凄《すご》い捨《す》て台詞《ぜりふ》だ……。

と、まあ、そんな感じで一同からの冷ややかな視線を背中に受け、スゴスゴと退散していこうとしたところで、マーリンが懐から水晶玉を取り出した。

「ああ、言い忘れていたことがある」

「まだ何かあるのか？」

「この場での会話は魔道具で全て録音させてもらっている。学内は自治権が認められ、政治的理由で左右されない……治外法権的な側面を持つことは知っているよな？　今回のこれは政治権力による明らかな学内干渉として、魔術学会を通じて後日正式に抗議させてもらう」

「好きにすれば良いだろうがっ！」

「無論、公爵家が欲しがっている魔術の家としての名声は地に落ちる。後から文句を言われても面倒なので、今、この場で言っておくからな」

その言葉で公爵は再度顔色を変えて、「うげぇっ！」と呻《うめ》いた。

そうしてこちらに何かを言い返そうとして――けれど、最早《もはや》何も言い返せないと悟ったのか力無く押し黙った。

で、最後の最後にトドメとばかりにシェリルは公爵に向けて、吐き捨てるようにこう言ったんだ。

「……こういう時にはこういう風に言った方が適切。それはつまり……一昨日《おととい》きやがれと」

そうして公爵は退散していって、これにて一件落着ってところだね。

公爵が視界から消えたと同時、シェリルが僕の方を見て満面の笑みで微笑《ほほえ》んできたので、僕もニコリと笑顔で返した。

と、そこで僕は「あっ」と思わず息を呑《の》んだ。

「シェリル？　今……？」

「……ん。どうしたエフタル？」

「初めて……笑ったね？」

食事会の時に声を出して笑っていたことはあったけど、それでもやっぱり無表情だったんだよ。

でも、今、確かに……ニコって……。

「……ん」

指摘を受けたシェリルは自分の頬《ほお》を触って確認し、確かに頬が緩んでいることに気づいたらしい。

そして、すぐに瞬間湯沸かし器のように頬を真っ赤に染めた。

　どうやら、自分でも意外だったようで……っていうか、笑顔を見られたのが恥ずかしかったらしい。

「……ニヤケ面は人に見せるものではない」

ん？

　どうやら無表情は自然にじゃなくて、今まで意識的にやってたってことなのかな？

　そうして、笑顔を見られたことに何か思うところがあるらしく、彼女はムスっとした様子でいたんだ。

　けど、最終的には、彼女は覚悟を決めたように大きく頷いた。

「……一度見られたのなら、後はもう一緒」

　そのままシェリルは、こっちに大きく両手を広げて走ってきて、向日葵《ひまわり》のような、力強く元気な笑顔と共に飛びかかってきた。

「……ぎゅー」

　と、僕は……そこで声を出して笑ってしまった。

　どことなくアイザックの面影を、ほんの少しだけ残しているシェリルを見て、色んな思い出が一瞬で頭の中を走馬灯のようにフラッシュバックしていく。

　――昔、僕はアイザックと大喧嘩《おおげんか》をした。

　精霊と子供を作るなんて馬鹿げている、何が起きるか分からないからそんなことは止《や》めておけと。

しかし、今、僕は……あの時、子供を作るというアイザックの結論は、間違いではなかったと思う。

──だってこんなに可愛《かわい》らしく、生き生きとした表情のシェリルがここにいるんだ。

この笑顔を目のあたりにしてしまえば、さすがの雷神皇《カミナリサマ》も白旗を掲げざるを得ないよね。

「ねえシェリル？」

「……何？　エフタル？」

「生まれてきてくれて、ありがとう」

と、僕は……僕自身が遠い昔にその存在の可能性を否定した──シェリルに詫《わ》びるように、彼女を強く強く抱きしめたのだった。

エピローグ　～炎神皇と不死者の皇～

僕たちは雷神皇《エフタル》祭を制して、次は学院対抗戦へと駒を進めることになった訳だ。

けれど、その前に確かめておかなくてはならないことがある。

と、いうのも約束通りにサーシャに存在の根源《ルートオブルーツ》について教えてもらわなくちゃいけないんだよね。

炎神皇《クリフ》も絡んでいる話だし、魔法適性にも直結していそうなワードでもある。

そして何より、魔法適性の壁を乗り越えて最強を目指すという僕にとっては、是が非でも確認しなくてはならない事項だ。

それと、炎神皇の動きについてサーシャが何かを摑《つか》んでいるのであれば、その情報も共有する必要がある。

はたして、炎神皇の目的は何なのか……そして、僕と敵対するつもりなのか。

分からないことだらけのこの状況で、漠然と流されるままなのは良くない。

と、まあ、サーシャに会うため、僕とマーリンはエルフの大森林を歩いているという訳だ。

向かう先はサーシャの居所である世界樹。

天にまで届きそうな……というか、天気によっては本当に上の方は雲がかかっているし、実際に天に届いているといっても差し支えはないのかもね。

樹高は二千メートルという話で、樹《き》の周りを歩くだけで小一時間かかるような、正に規格外の存在だ。

直下に龍脈《りゆうみやく》が走っている関係上、大地の精霊の気が強い。その影響で異常生長したと、昔の学者が結論をつけたんだっけ。

で、「ほう、中々スケールのデカい樹じゃな。我は派手なのは好きじゃぞ」と、気に入ったサーシャが樹木を刳《く》り貫《ぬ》いて住居にしちゃっている訳なんだ。

一応、世界的な研究対象とかになっていたりするので、現代地球でいうと世界遺産とかそういう系のものなんだよね。

魔術学会の研究対象ということで、所有権と言うか預かり的にもそこになるんだけど――まあ、サーシャ様なので仕方ない。

という豪快な感じで、ここ五百年位はサーシャの家になっているということだね。

住居の中の様子は当然僕も知っているんだけど、やはりあの男《おとこ》の娘《こ》のお爺《じい》さんは中々に良い趣味をしているよね。

普段はあの人は半不老不死の肉体を維持する為《ため》に寝てばっかりなんだけど、その寝ているベッドがまず凄い。

天蓋付きのお姫様みたいなベッドで、部屋もピンクを基調とした少女趣味全開なんだよね。

やたらデカい自室には所狭しと可愛《かわい》らしいヌイグルミが置かれているし……見た目が可愛い女の子じゃなかったら完全にアレだよね。

いや、中身はお爺さんなので見た目が女の子でもやっぱりアレだよな……。

実は僕は、あの人の存在が一番のファンタジーではないかと思っているんだけど——それはさておき。

「これからどうなさるおつもりですか、エフタル様？」

「予定通りに学院対抗戦に出るよ。そこで好成績を収めて……授賞式で剣神皇と目通りして、師事を乞う。この路線は変わらない」

「いえ、直近の話……です」

「まあ、学院対抗戦まで一か月以上あるし、とりあえずは今世での僕の実家であるオルコット公爵領に向かうつもりだよ。炎神皇からの招待状みたいものだろうからね」

「誘いに乗るのは問題ではないかと思慮します。再考していただければ……」

「そういう訳にはいかないよ」

「……危険であると、そう愚考します」

冗談で「行くな」と、言っているのかと思ったけど、どうやらそうでもないらしい。

「大事……なのですか？　オルコット領の方々が？」

マーリンは遠い目で世界樹を眺めながらそういった。

意図がイマイチ分からない。普段は阿吽《あうん》の呼吸でお互いに考えていることが何となく分かるのでこういうことは珍しいな。

でも、まあ大事かと問われればこう答えるしかないだろう。

「家族だからね」

と、僕の言葉にマーリンは肩をすくめた。

「私の悪い癖です。昔――ブリジット様と一緒にエフタル様が笑っているとき、私はいつも言いようもない不安に駆られていたのです」

「不安？」

「……捨てられるのではないかと。子供心にそんなことを思っていました。知っての通りに私は身寄りがなく、エフタル様しか……頼れる人間がいませんでしたので」

少し寂し気な横顔。

普段の強気の色が消え、儚《はかな》げだった――少女の頃のマーリンの面影が色濃く出たところで、僕は昔のように笑いながら彼女の頭を撫《な》でた。

「大丈夫、僕は君も大事に思っているから」

「……はい。しかし、私も本当にダメですね。いい年をして……貴方《あなた》の前では童心に戻ってしまう」

「いや、それで良いよ。普段は凛々《りり》しい魔族の英雄が僕の前でだけは子供に戻る。良いんじゃないかな……マーリンにとってそういう特別な場所があるのは」

「エフタル様？」

「何だいマーリン？」

「私も……エフタル様のとって特別な何かに……なれていますでしょうか？」

不安げに問いかけるマーリンに僕は大きく頷《うなず》いた。

「そもそも――ね。君は最初から僕にとって特別なんだよ」

「と、おっしゃいますと？」

「魔王城で君を拾ったとき、まだ僕には子供はいなかった」

「……はい」

「ブリジットと一緒に悪戦苦闘しながら君を育てたことを今でも覚えているよ。本当に君は甘えん坊でね……毎晩、僕が抱いていないと泣いて泣いてどうしようもなかった。オシメを僕がかえたことも何度もあるんだよ」

オシメという単語でマーリンは頬を軽く紅色に染めた。

「そ、そ、そんな昔のことを言われても困ります」

そうして、僕はマーリンを優しく抱きしめた。

「だから、君は僕にとって特別なんだよ。なんせ、初めてできた娘みたいなものなんだから」

「……」

「実の娘や息子と変わらない、そういう風に思っている」

と、そこで僕は抱きしめるマーリンの肩が微《かす》かに震えていることに気が付いた。

――本当に昔から泣き虫なのは変わらないな。

けれど、まあそんなマーリンが僕は可愛くて仕方がない。

いつまで経《た》っても甘えん坊で、いつまで経っても僕の後ろをついてきて、いつまで経っても僕のことを大好きでいてくれる。

こんなに可愛い弟子は世界中探したって、どこにもいやしない。

そうして僕はマーリンが泣き止《や》むまで、ずっとずっと……いつの間にか大きくなってしまった背中に手をまわして抱きしめていたのだった。

☆★☆★☆★

で、マーリンの作ってくれたお弁当を食べて、僕たちは再度、世界樹へと向けて歩き始めた。

「しかし炎神皇ですか。できれば……敵対するのは避けたいところですがね」

「今世ではマーリンの神域強化があるにしても……ね。炎神皇も力をつけているようだし……」

ぶっちゃけ、今までは炎神皇のことを軽く考えてたのはある。

魔法では確実に負けるけど、前世では使えなかった神域強化や剣術のアドバンテージは大きいしね。

勝てるとは言えないまでも、敵対されたとしてもやり過ごす、あるいは炎神皇としても、僕に手を出したらタダでは済まないということを認識させることはできるはずだと思っていた。

後は、昔は友人だったんだし、話し合いでどうにか……と、そういう風に思っていた部分はあるんだ。

けれど、どうにも炎神皇は色々と新たな力を手に入れているみたいだ。

それに大量の魂を集めようとしていたみたいだし、アイザックを殺したのも炎神皇という話だ。

これはもう間違いなく、僕が知っている頃の炎神皇ではないし、話が通じるとも思えない。

まあ、とりあえずは……魔法適性の治療が急務だろうね。

それさえできれば、今の僕でも前世を遥《はる》かに凌駕《りょうが》する魔法技量に到達することは間違いないし、それとつながるのが恐らく——存在の根源《ルートオブルーツ》。

サーシャ曰《いわ》く、僕が今回の人生でも魔法適性がないことは必然という話だし、ブラッドのレベル10、そして転生の女神……と、話に共通する事項も多い。

と、そこで、スンスンとマーリンが鼻を鳴らしてこう言った。

「エフタル様……？」

「ああ、良くない臭いだ」

マーリンは頷き、僕と自身に全耐性防御魔法を施した。

　そうして僕は防御はマーリンに任せ、代わりに索敵の魔法を発動させて、周囲への警戒を担当する。

　まあ、この辺りはやはり師弟の阿吽の呼吸だね。何も言わなくても、互いに何が最善かを理解して勝手に動いている。

「今のところは敵意や殺意は周囲からは感じ取れないね」

「狩猟、あるいは野盗……武装した物盗《ものと》りの類でしょうか？」

「サーシャの庭先で？　そんなことは自殺願望を持つ者以外はやらないだろう」

「あるいは、サーシャ様の居所の近くであると知らない可能性は？」

「可能性としてはゼロではないけれど……世界樹にアレが住んでいるのをこの辺りでは知らない者はいないだろう」

「それは……確かにそうですね」

「マーリン、ちょっと嫌な予感がする。慎重にいこうか」

光学迷彩や気配消し、音消し、あるいは認識阻害の魔法をマーリンと手分けして、二人がかりでこれでもかと展開させる。

　今の僕たちなら、大国の皇帝寝所にでももぐりこむことができるんじゃないだろうかと言う感じなんだけど、それでも、その上で更に慎重に、木陰に隠れて物音一つ立てずにゆっくりと歩を進めていく。

そうして時間をかけて進んで、目測残り二キロでサーシャの居所ってところまできたんだけど――。

「やっぱり変だ」

血の臭いだけじゃない。

火炎魔法で肉の焦げた匂いも混じってきていて……これは間違いなく嗅ぎなれた戦場の香りだ。

僕たちは足早に、けれど慎重に更に道を進んでいく。そして、視界が開け、世界樹の麓まで見通せる場所までできて、絶句した。

「幻魔の……死体？」

マーリンの言葉の通り、世界樹の周辺には十を超える幻魔の死体が散乱していた。

「何の冗談なんだ？　ありえない……これはありえない」

「ええ、これは……狩猟や物盗りの類ではありえませんね」

眼前に広がる光景。

地形破壊も起きているし、ここで壮絶な戦闘があったことは間違いがない。

そして、確定的なのは幻魔の死体だ。つまり、これはサーシャが――

――レベル11：古今東西御伽草子《オトギ・ファンタジア》を使用したということだ。

「マーリン？　君の知る限り、今のこの時代においてサーシャ相手にこんな真似《まね》ができる人物に心当たりはあるかい？」

「エフタル様を含めれば……二人……ですね」

神域強化を作動させる。

サーシャがレベル11を使用し、なおかつ幻魔の死体があるということは、戯れではなく本気で殺し合いをしたということを意味する。

と、なると僕たちは今、鉄火場にいる可能性が非常に高い。

張り詰めた緊張感の中、サーシャの居所の入口へと一直線に向かう。

一体、この場所で何が起きているというんだろうか。

そうして、樹皮に備え付けられたドアを開いて、僕とマーリンは顔を見合わせた。

「中は……そのままか、荒らされた形跡もないね」

「ええ、それに先ほどの戦闘の痕跡にしても世界樹から離れた場所にありましたし」

僕とマーリンは同時に頷いた。

「まるで、顔見知り同士で魔術師として果し合いを行った……とでも言わんばかりですね」

「例えば、居所が破壊されるから表に出ろとか……そういう言葉に対して、相手が聞く耳を持ったって感じだろうね」

サーシャと対戦したと思われる相手——同じ人物の顔が、僕とマーリンの頭の中で浮かんでいるだろう。

　そうして僕たちはサーシャの部屋に向かおうとしたんだけど、玄関の大広間で見覚えのある顔を見かけた。

　眼鏡をかけたメイドで、確かマーリンと同じくヴァンパイアハーフ。人間の見た目でいうと三十代前半と言ったところだ。

　確かこの人はサーシャの専属メイドだったはずだ。

　彼女は僕たち……というか、マーリンの顔を見た瞬間に、心底安堵《あんど》した風にこちらに駆け寄ってきた。

「マーリン様……！　ああ、良かった……こんなことになってしまって一人で私は心細くて……」

　涙を浮かべて、メイドは本当に心底に安心した風だね。

　確かサーシャの絡みでマーリンとは親交があったんだっけ。

「外の様子……ただ事ではないが、一体全体何があったというのだ？　他の使用人たちはどうした？」

「サーシャ様以外は……全員……何者かの手によって死にました。恐らくは……ほぼ一方的に殺されたものだと思います」

「サーシャ様の近辺に仕える者は手練《てだ》れの魔術師揃《ぞろ》いだろうにっ！　それを一方的にだと!?」

「遺体は既に埋めておりますので……掘り返して確認されますか？　あの状況は一方的な蹂躙《じゅうりん》が行われた以外には考えられません」

　しばし考えて、マーリンは首を左右に振った。

「そこまでせんでも良い。貴様がそういうのであればそうなのだろう」

　信じられないとばかりにマーリンは忌々し気に吐き捨てた。

　サーシャの周囲はヴァンパイア系統の執事やメイドで固められていて、同種族でもあり交流があったマーリンからすれば青天《せいてん》の霹靂《へきれき》以外の何物でもないだろう。

「それで遺体の様子はどのような風だったのだ？」

「全員が魔力……いや、魂魄《こんぱく》を抜かれる形で死亡しておりました。手練れの魔術師が生きたままに魂を抜かれる……大人と子供ほどの技量差がない限りはありえません」

　と、僕とマーリンは顔を見合わせた。

　魂を抜く……か。まあ、僕と考えていることは間違いなく同じだろう。

「それでサーシャ様は？」

「サーシャ様は——失踪されたようなのです」

「失踪？　どういうことなのだ？　いや、そもそも何故《なぜ》に貴様だけが無事なのだ？」

「私はサーシャ様の……オルコット公爵領への旅行のための……買い出しに出かけておりましたので。それ故にこの大惨事の難を逃れていたのです」

僕とマーリンは押し黙り、そしてメイドは言葉を続けた。

「そうして帰ってきたらこの状態でして……皆《みな》の死体を確認した後、サーシャ様はどこを探しても姿が見当たらず。そういう事情で何が起きたのかがさっぱり分からないということでございます」

「少し質問して良いかな？」

「マーリン様？　こちらの方は？」

「説明に困る事情があるのだが……私が保証する。信用しても良い御方《おかた》だ」

その言葉でメイドは小さく頷《うなず》いた。

「質問とは何でございましょうか？」

「今、サーシャしょ……いや、サーシャ様は……どこに旅行に行く予定だったとおっしゃいましたか？」

「オルコット公爵領です。かつての弟子であられる雷神皇の家系の領地となりますね。あの方がこの近辺から出るなどそれは珍しいことなので……不思議に思っていたのです。今回の件と何か関係がありそうでしょうか？」

問いかけられても、そりゃあ関係がありそうだという以外の感想はない。

炎神皇もサーシャも共に今世での僕の故郷の地名を出し、そこに向かうと言ってるんだからね。

と、僕は母さんやセシリア姉さん、そしてフレイザー兄さんの顔を思い出して、深い深いため息をついたのだった。

あとがき

どうにかこうにか3巻まで辿《たど》り着けました、白石です。

おかげさまでコミックス版が絶好調みたいですね。

元々の初版部数が、聞いた瞬間に鼻水が出たほどに多かったので戦々恐々としていたのですが、すぐに重版かかりました。ありがたいことです。

と、まあコミックスの出版社さんが強気になれるほど、本当に画力が凄《すご》い漫画家先生です。まだの方は是非ともご一読いただきたいなと思います。

それと実は私はコメディ寄り&ちょっと良い話系統の作品の方が得意と自称しておりまして、落第賢者という作品でそれをやることはできないので……ということで宣伝です。

『転生大聖女、実力を隠して錬金術学科に入学する』という作品がありまして、主人公最強というジャンルではあるのですが、本作とは１２０度くらい方向性が違います。

「あ、この作者そういうのも書けるんだ」という風に多分なるというか、元々はそういうのを書きたい人だったので、是非ともお願いします。

　感動しましたとか涙ぐみましたとか、キャラが推せるとか笑ったとか、「ネット小説売れ線的には恐らく貰《もら》わない方が良い」感想を多数受けている作品ですが、逆に言うと商業的には中身はちゃんとしてると思います。というか、ネット小説やTＵＥＥＥという枠をある程度外した読み物として書いているので、その意味では私の全作品の中でぶっちぎりで面白いと思います。ちなみにネット小説王道TＵＥＥＥ系という枠であれば、落第賢者がぶっちぎりで出来が良いです。と、まあ、こちらもコミカライズ作品ですのでお願いしますね。

さて、本作ですが遂《つい》に炎神皇《クリフ》と魔法適性の話に入ってきました。

マーリンがどんどん暴走したり、マリアがグイグイ来たり、アナスタシアが外道になってきたりと女性陣もキャラ濃くなってきていますが、今回はシェリルちゃんですね。

白石の『村人ですが何か？』を知ってる人から見ると、「いや、なんでリリスが幼女化してこんなところに？」となると思うのですが、まあ、包み隠しても仕方ないのでリリスと同じソウルを持つ者だと認めましょう（笑）

猫耳フードも元々、私発案なのでオッケーでしょう＆原作も完結したので……という感じですね。

シェリルは現状キャラが薄いので、リリスのようにストーカー気味のド変態に進化させせるかどうかは悩みどころですが、４巻が出せるなら白スク水に挑戦させようという壮大な計画もあります。

ということで謝辞です。

今回も美麗なイラストで飾っていただいた魚《うお》デニム先生、ありがとうございます。

今回も苛烈なツッコミで品質向上に協力いただいた編集者様。ツッコミの度に腕が上がっている実感あります。勉強になります。ありがとうございます。

そして本作にお付き合いいただいている読者様、本当にありがとうございます。

どうにかこうにか４巻まで辿り着ければですが、その際は懲りずにお付き合いいただければ幸いです。

白石《しらいし》　新《あらた》

落第賢者《らくだいけんじや》の学院《がくいん》無双《むそう》3

～二度転生《にどてんせい》した最強賢者《さいきようけんじや》、400年後《ねんご》の世界《せかい》を魔剣《まけん》で無双《むそう》～

著　白石《しらいし》 新《あらた》

角川スニーカー文庫　22236

2020年7月1日　初版発行

発行者　三坂泰二

発　行　株式会社KADOKAWA
〒102-8177 東京都千代田区富士見2-13-3
電話　0570-002-301（ナビダイヤル）

印刷所　旭印刷株式会社
製本所　株式会社ビルディング・ブックセンター

Printed in Japan　ISBN 978-4-04-109765-6　C0193

★ご意見、ご感想をお送りください★

〒102-8177 東京都千代田区富士見 2-13-3
株式会社KADOKAWA　角川スニーカー文庫編集部気付
「白石 新」先生
「魚デニム」先生

[スニーカー文庫公式サイト] ザ・スニーカーWEB　https://sneakerbunko.jp/

角川文庫発刊に際して

角川源義

第二次世界大戦の敗北は、軍事力の敗北であった以上に、私たちの若い文化力の敗退であった。私たちの文化が戦争に対して如何に無力であり、単なるあだ花に過ぎなかったかを、私たちは身を以て体験し痛感した。西洋近代文化の摂取にとって、明治以後八十年の歳月は決して短かすぎたとは言えない。にもかかわらず、近代文化の伝統を確立し、自由な批判と柔軟な良識に富む文化層として自らを形成することに私たちは失敗して来た。そしてこれは、各層への文化の普及滲透を任務とする出版人の責任でもあった。

一九四五年以来、私たちは再び振出しに戻り、第一歩から踏み出すことを余儀なくされた。これは大きな不幸ではあるが、反面、これまでの混沌・未熟・歪曲の中にあった我が国の文化に秩序と確たる基礎を齎らすためには絶好の機会でもある。角川書店は、このような祖国の文化的危機にあたり、微力をも顧みず再建の礎石たるべき抱負と決意とをもって出発したが、ここに創立以来の念願を果すべく角川文庫を発刊する。これまで刊行されたあらゆる全集叢書文庫類の長所と短所とを検討し、古今東西の不朽の典籍を、良心的編集のもとに、廉価に、そして書架にふさわしい美本として、多くのひとびとに提供しようとする。しかし私たちは徒らに百科全書的な知識のジレッタントを作ることを目的とせず、あくまで祖国の文化に秩序と再建への道を示し、この文庫を角川書店の栄ある事業として、今後永久に継続発展せしめ、学芸と教養との殿堂として大成せんことを期したい。多くの読書子の愛情ある忠言と支持とによって、この希望と抱負とを完遂せしめられんことを願う。

一九四九年五月三日

このすば
暁なつめが描く、
もう一つの異世界コメディ！
戦闘員、派遣します！
戦闘員、派遣します！
暁なつめ
NATSUME AKATSUKI
ILLUSTRATION
カカオ・ランタン
KAKAO LANTHANUM
シリーズ好評発売中！
全世界の命運は――
悪の組織に託された!?
スニーカー文庫

侯爵令嬢の借金執事
archioness Emilia's Butler Jack is deep in debt
許嫁になったお嬢様との
同居生活がはじまりました
執事って
こんな幸せライフ
送っていいの!?
Riku Nanano
七野りく
Illustration / mmu
親の借金を支払わせられることになった不幸な少年ジャック。侯爵と交渉し、何とか令嬢エミリアの許嫁兼執事となることで当面の危機は回避するが、彼女もまた、ジャックと恋仲になる為に行動を起こし始め――?
スニーカー文庫

新生スニーカー大賞
始動!!
原稿募集中！
［賞金］ 大賞 300万円
金賞 100万円 銀賞 50万円 特別賞 10万円
［前期締切］12月末日 ［後期締切］6月末日
「新しい流行りを作りたい」「今までにない小説を書いてみたい！」
スニーカー大賞では、そんな意気込みのある作品をお待ちしています。
異世界ファンタジー、学園ラブコメ、ミステリー、SFなど、ジャンルは問いません。
あなたが書いた“おもしろい”を、いっしょに読者に届けましょう！
さらに夢のある魅力的な賞となるべく、大幅なアップデートを行う
スニーカー大賞にどしどしご応募ください!!
詳細はザ・スニWEBへ https://sneakerbunko.jp/award/
イラスト／いとうのいぢ、左、三嶋くろね